# 溺愛《できあい》社長《しゃちょう》の専属《せんぞく》花嫁《はなよめ》

森崎《もりさき》結月《ゆづき》

*ILLUSTRATION*：北沢《きたざわ》きょう

# 溺愛社長の専属花嫁

LYNX ROMANCE

CONTENTS

# 溺愛社長の専属花嫁

金曜日の夜――。

エナミアトリエに所属するデザイナーの新井千映《あらいちあき》は、バーカウンターに突っ伏し、没になったデザイン案を握りしめながら、やけ酒を呷《あお》っていた。

ぼやけた眼で、目の前に広げていた雑誌のインタビュー記事に視線を走らせる。

『誰もが、自分の想い描いた設計どおりに、夢を叶《かな》えられるわけじゃない。社会人になれば、仕事の失敗はあって当たり前。それを、どう受け止め、吸収するか、次に生かすかが大事――』

「な～んてな。偉そうによく言うよな」

呂律《ろれつ》の回らない口調をよそおって毒を吐くが、胸の内にたまった鬱憤《うっぷん》は少しも晴れない。

「お～い、そろそろ飲みすぎなんじゃやねーの」

隣に座っていた森山《もりやま》という男が、呆《あき》れ顔で千映のグラスをさっと取り上げた。

森山は、千映が今の会社の前に勤めていたエッジデザイン事務所という会社の同期だ。

彼はさっきから千映の隣の席に座って、話を聞いてくれていたのだった。

「大丈夫。このぐらい。まったく、酔える気分じゃないから」

「ほんとかー？」

「どうしたら気分よくなれるのか、方法があったら教えてほしいよ」

そう、さっきから酔っ払いになりきろうとしているだけで、実は全然酔っていない。酒に溺《おぼ》れてしまえば、いやなことも忘れられるだろうかと思い、やたら喋《しゃべ》っていたものの、少しでも会話の間が開けば、たちまちすべてを思いだしてしまうのだ。

はぁ、とため息がこぼれた。

「一年前の独立……今考えると、派手な出世だったもんな、江波《えなみ》さん」

同情するよ、と森山は言って、千映の手元にある雑誌の一面に視線を落とした。新進気鋭のデザイナー江波真也《しんや》は輝いた笑顔を見せている。この男が実は腹の中が真っ黒だということを知る人間はどれほどいるのだろうか。犠牲になった人間はひょっとしたら千映だけではないかもしれない。

千映は一年前のことをぼんやりと思い浮かべる。

「あの頃のあの人は……やさしくて尊敬できる先輩だったのに。なんであんなふうになっちゃったのかな……」

ぽつりと千映は呟《つぶや》く。グラスを持つ手が震えていた。

「新井……」

千映が憧れていた江波真也という男は、雑誌に掲載されていたとおり、業界では話題に出ないことのない活躍めざましいデザイナーである。

モデルのような容姿と、尖《とが》った作風で数々のコンペを勝ち取り、大手企業の広告やＣＭのデザインにも関わり、一気にその名を世に知らしめた。

江波はそれまで色々な会社を転々とし、一昨年までは千映や森山と同じエッジデザイン事務所に所属していたのだが、昨年、エナミアトリエという個人事務所を立ち上げ、独立した。

江波が千映に声をかけてきたのは、彼が独立する半年前のことだった。

『千映、一緒に来いよ。おまえとだったら絶対にいいものが作れる。おまえじゃないとだめなんだ』

そう熱心に口説かれ、千映の心は揺れた。先輩として憧れていた気持ちは、いつしかひっそりと恋に変わっていたのだ。

好きな人が自分を必要としてくれる喜びは、例えようのない幸福だと思った。

『実を言うと、おまえのことを特別な目で見てる。俺のそばにいてくれないか』

極めつけの告白に、千映は完全に舞い上がった。

二人は恋人同士になり、個人事務所にうつってからは江波のマンションに寝泊まりすることが増え、同棲生活を送るようになっていた。好きな人がそばにいて、好きな仕事がどんどん舞い込んでくる。

二人で共に過ごす時間は何にも代えがたい幸せだった。

しかし、同居から三ヶ月も過ぎると、江波は手のひらを返したように冷たくなった。

自分に飽きてしまったのかと不安になり、それまで以上に献身的に尽くした。デザイナーとしても恋人としても愛されようと必死だった。

それでも江波の気持ちは取り戻せなかった。ついに昨日、江波が他の男と浮気をしている現場に出くわし、ショックのあまり千映は立ちすくんだ。

衝撃はひとつだけではなかった。その浮気相手というのが、つい先日も三人で打ち合わせをしたクライアントの担当者だったのだ。分が悪くなると踏んだ担当者はそそくさとマンションを出て行った。

いったいどういうことだと追及すれば、バレてしまえば仕方ないといわんばかりに江波はあっさり口を割った。ただの浮気相手というのならまだ許せたのに、明かされた事実は最悪だった。江波は仕事のためにクライアントと寝て、千映のデザインを自分のものとして売り込んでいた、否《いな》、売り込んでやったのだと傲慢な口調で暴露したのだ。

それも、ひとつやふたつではない。今まで千映が手掛けた企画やデザインのすべてを都合のいいように横取りしていたということがわかった。

江波を信用し、すべてを預けてきた自分が愚かだったと激しく後悔した。

なぜ、もっと早くに疑わなかったのだろう。いや、疑いを逸《そ》らすために、江波は千映を恋人として扱ったのだ。千映はまんまと罠《わな》に嵌《は》まった。恋に溺れた妄信的な目では、冷静に判断することなんかできるはずもない。

そんな自分が情けないやらかっこわるいやら、もういっそ消えてしまいたいと思った。

『今後一切、俺には関わらないでください』

別れの言葉を言い放ったあと、行き場を失った千映は、ＳＯＳを求めて森山に電話をした。独りでいることがいたたまれなくて、誰かに話を聞いてほしいと思ったのだ。

涙は出なかった。酸素を失った魚のように呼吸がうまくできなくなり、森山が言うには、駆けつけたときには顔が真っ青だったらしい。拳は悔しさで震えていた。

しばし思いに耽《ふけ》っていると、グラスの氷がカランと音を立て、森山が重たい沈黙を破った。

「――実はさ、あの人がうちにいたときから、なんとなく怪しいって思ったことはあったんだよ。調子のいいところがあったしさ。けど、おまえ自身が江波さんのこと慕っていたから、そういうの、承知の上でのことだと思い込んでた。実際、二人で独立したんだしな」

「ほんとう、舞い上がりすぎだった。大事なことなのに、見抜けなかったなんて……バカだったよ」

デザイン案を自分から進んでほいほいと盗ませていたなんて、ありえない。かなり手慣れていたようだから、森山が言うように、江波はエッジデザインに来る前から、常習犯だった可能性が高い。

「江波さんの下についていたデザイナーが出世せずに辞めていくことが多かったのは……やっぱ、そういうことだよな。後輩を潰して、利用できそうなやつを駒にした……と悪い」

森山が言葉を濁す。千映は首を横に振った。悲しいかなそれが事実なのだ。

知らなかったとはいえ、千映は江波の卑劣な手法の片棒を担いだことになる。デザイナーとして絶対にあってはならない行為だ。本当にやりきれない。

「なあ、一矢報いてやったらどうなんだ。今からでも調べれば、なんかわかるかもしれない」

森山が提案してくれたようなことを、ついさっきまで千映は悶々《もんもん》と考えていた。けれど、それは同時に千映の傷を抉《えぐ》りとる行為にもなりうるのだ。

「俺のことはいいんだ。今さら辞めた事務所に迷惑かけたくないし。ただ、あまりにも自分が情けなくて、さっきまでほんとに消えたい気分だったから、誰かに……話を聞いてほしかっただけなんだ」

千映はそう言い、グラスに入った焼酎をいっきに飲み干した。

これまで献身的に働いてきた自分を振り返ると、だんだんバカバカしく思えてくる。

真面目に働いたって、悪い人間にかすめ取られていたなら、もうその時点で報われることなどない。

狡賢《ずるがしこ》い人間が得をするようにできている世界なんてあっていいはずがないのに。

苛立《いらだ》ちと絶望と傷心と心細さと、様々な感情が渦を巻き、かっかと全身に熱を迸《ほとばし》らせていた。

しかし怒る気力があるのならまだいい。独りになってしまうと、むしょうに人肌が恋しくなっていた。

「森山。俺、このあと、どこにも行く当てがないんだ。図々《ずうずう》しいと思うんだけど、できたら、しばらく泊めてくれないかな」

もちろん森山に対しては下心なんてない。彼には長いこと同棲している彼女がいる。カップルのお邪魔をするのは忍びないとは思ったが、孤独感には打ち勝てなかった。

「いや、泊めてやりたい気持ちは山々なんだけど……あいつがなんて言うか」

森山はうーんと唸《うな》ったあと、渋い表情を浮かべた。

「実はさ、うちも彼女と修羅場中で、気まずいんだよ。そんで、おまえから連絡あって、飲みに出てきたってわけ。おまえにとばっちりがあると悪いしさ」

ごめんな、と森山が両手を合わせる。

千映は森山が気にしてしまわないように、大丈夫と言って首を横に振ってみせた。

「こっちこそ、呼び出した挙句にだらだら愚痴を聞かせてごめん」

「話ぐらいならいつでも聞いてやるよ。もう江波さんとこにはいられないんだし、仕事のこともこれから考えないとなんないだろ？」

「うん……明日からの生活、どうするか……」

「元気出せって。勉強代だと思えばいいよ。気付けてよかったじゃないか」

「高すぎる勉強代だったな。しかも身になることもなく、すべて盗《と》られて失業とは……」

思わず、乾いた笑いがこぼれる。

「まあまあ、安心しろよ。今日は俺のおごりにするからさ」

「そこまで情けは要らないよ。付き合ってもらったんだし、それぐらいは俺が……」

と言い、ズボンのポケットに仕舞っていた財布を探る。中身を確認したところ、千円札しか入っていなかった。

「うわー……ごめん。誘っておいてなんだけど、金がまったくない」

不甲斐《ふがい》ない自分にとことん嫌気がさす。千映はテーブルに額をこすりつける勢いで、森山に頭を下げた。

「だから、いいって言っただろ。ここは俺が持つし、タクシー代もほら、持っていけよ」

森山はそう言い、千映に一万円札を握らせた。いいよ、大丈夫だよ、と突き返せない自分がひどく惨めだった。

「ごめんっ。……恩にきるよ」

「ああ、返すのはいつでもいいから思いつめるなよ。のたれ死にされたら夢見が悪いからな」

森山はやさしい男だ。きっと千映が気にしないように、わざとそう言ったのだろう。

「近いうちに必ず返すよ」

「ああ。気長に待ってるよ」

それからバーを出たあと、千映は森山と別れ、しばらくぶらぶらと繁華街を歩いた。

東京《とうきょう》は六月に入ってすぐ梅雨入りしたが、雨がぽつぽつと降ったり止《や》んだりを繰り返すばかりで、どしゃぶりになることはなく、空梅雨のような感じだ。今日も湿気を孕《はら》んだ夜気が頬《ほお》を撫《な》でてくる。心地悪さを感じながらも、行く当てがないので、だらだらと歩くばかり。

さて、朝までどう時間を潰すか。借りた一万円があれば、安いビジネスホテルやカプセルホテルに一泊はできるだろう。ネットカフェを利用すれば、もっと安く済むかもしれない。

でも、このまま密室に閉じこもってしまったら、鬱々《うつうつ》としてしまいそうだ。

まだ時間は早い。どこか行く場所はないだろうか。ひとりカラオケという気分ではないし、余計に惨めになりそうだ。

そんなことを考えていたら、誰かの声が突然、千映の足を引き止めた。

「あれー？　誰かと思ったら、千映くん？」

「え？」

学生のときと違って社会人になってからは、名前で呼ばれることの方が珍しい。声をかけてきたのはいったい誰だろうと思って振り返る。するとホストと思《おぼ》しき黒いスーツを着た金髪の若い男が、

「やっぱり！」と瞳を輝かせて近づいてきた。

「すげー偶然！　相変わらず美少年いや美青年だな～千映くんは。感動したよ！」

感激したように男は千映の顔をまじまじと覗《のぞ》き込み、嬉《うれ》しそうに頬を紅潮させる。

「誰？」

こんな派手ななりをした友人を持った覚えはない。

千映は胡乱《うろん》な表情を浮かべ、馴《な》れ馴《な》れしい男から距離を取るように後退した。

「やだな〜わかんない？　俺だよ、俺。面影あるでしょ？」

男は親指を自分の方に突き立てて、必死にオレオレアピールする。

「オレオレ詐欺？」

疑《うたぐ》り眼のまま問い返すと、男はがっくりと肩を落とした。通行人がちらちらと訝《いぶか》しげな視線を向けてくるのを察したらしく、千映の腕を引っ張って隅の方に行く。

「わかんない？　も〜。高校三年のとき同クラだったバスケ部の高瀬一樹《たかせいっき》だよ」

「一樹……？」

高校三年、一樹、という単語のピースを頭の中に思い浮かべる。ぼやぼやする脳をフル稼働して過去の記憶を引っ張り出すと、ようやく光が射《さ》し込んできた。

「言われれば、たしかに……一樹だ」

目の前の一樹に過去の彼の面影を重ねた。当時の頑是ない感じとは違うが、明るい彼の笑顔が懐かしく思い起こされる。一気にかつての記憶がこみ上げた。

「なんだ、一樹か」

「って、遅いよ。もっと早く気付いてほしかった」

「ごめん。金髪だったからわかんなかったんだ。高校卒業してからもう七年も経《た》つんだし、すぐには判別つかないよ」

一樹は、クラスの女の子に二股をかけたとか先輩の女に手を出してボコられたとか、まあ色々武勇伝のあった男だ。

当時、千映くんだったら男でもイケるかも～と冗談で絡まれて、鬱陶しさのあまりに殴ったこともある。もちろん本気で力を込めたわけじゃないが。

それ以来、懐かれていて、なんだかんだひっついていたやつだ。

進学先は別々だったし、高校を卒業してからは、すっかり疎遠になっていたのに、よりにもよって再会したのが人生で最低の気分を味わっているこんなときだなんて、と思う。

「なになにー久しぶりの再会だっていうのに感動薄っ。っつーか、元気ないじゃん」

明朗闊達《かったつ》な彼を前にすると、ますます自分の陰鬱さが際立つようで、ため息がこぼれた。

「まあ、二十五年も生きてくれば、俺だって色々あるんだよ。わけあって今夜の寝床を探してるとこなんだ」

自虐的に言うと、一樹はなおさら食いついてきた。

「マジ!? やるなぁ！」

予測の斜め上をいく反応に、千映は肩透かしにあう。

「いや、なんで褒められてるかわかんないんだけど。一樹の武勇伝と一緒くたにしないでよ」

「いやいや、千映くん、その顔を持ってるんだもん。とっかえひっかえしてるんでしょ？」

「……してません。あったらとっくに寝床が見つかってるわ」

やっぱり煩わしい。一瞬、こいつに頼んで泊めさせてもらえないかと思った自分の浅ましさにげんなりした。

「じゃあ、俺、そういうわけで行かないと。一樹も元気でね」

そっけなく踵《きびす》を返そうとする千映の肩を、一樹は慌てたように自分の方に振り向かせた。

「待った！　じゃあさ、仕事手伝わない？　したら、今夜の寝床、提供してやってもいいよ」

何を言い出すのかと、千映は訝しんで一樹を見た。高校を卒業してから七年の間にどうしていたか根掘り葉掘り聞く気はないが、とりあえず今の彼のなりはどう見ても、まともな感じがしない。

「あ、その目、や〜な感じ。俺のこと、誤解してるんだろ？」

「……誤解っていうか、その格好、ホストにしか見えないんだけど、違うの？」

「あー言うと思った。ノンノン、ＶＩＰ専用のコンシェルジュだよ」

人差し指を顔の前で揺らして、一樹は言う。いちいち気障《きざ》でオーバーリアクションなのは高校時代から変わらないようだ。

「コンシェルジュ？」

千映は一流ホテルや高級マンションに常駐しているコンシェルジュを思い浮かべる。

だが、一樹とコンシェルジュというのがうまくリンクしない。

それが伝わったのか、一樹は肩を竦《すく》めた。

「まあ、ぶっちゃけると、相手がＶＩＰっていうのを除けば、ホストと同じようなもんだと思って構わないよ」

それを聞いて、なるほど、コンシェルジュという名のホスト業なんだな、と理解した。

「でも、普通の店と違って、お客さんの身元はきっちり把握してるし、ヤバいことは一切なしだ。おもてなしをして、楽しい話をして、お偉いさんに気に入られれば金にもなるいい仕事だよ。どう？」

うさんくさそうな誘い文句ではあるが、正直疲れているし、明日からの生活を考えると、けっして心が揺れないわけじゃない。酒に酔った思考での判断能力の低下とは恐ろしいものだ。

「たしかに金は欲しいけど、俺、あんまり喋るの得意じゃないし、気の利いたこととか言える気がしない。コンシェルジュにもホストにも向いてないよ。残念だけど……」

「いいの、いいの。千映くんは、そのまんま〜の、純朴そうな感じがいいんだから。ほら、今流行してるヌクメンってやつだよ。癒やし、和み、擦れてないところ、それがいいところなんじゃん」

なんとか持ち上げようとする一樹の魂胆は見え見えだ。千映はとりあわずに重々しくため息をついた。

「一樹はさ、俺のことを誤解してるんじゃない？　もうあの頃とは違うんだよ。それに今、正直に言えば、他人を癒やしてる余裕なんてないんだ」

「千映くん、だったらなおさらだよ。きっと気が紛れると思うよ。なにより生きていくには金が必要でしょ」

「ああ、金どころか住むとこ探さないとヤバいんだ。今日から無職で仕事もないどん底なんだよ」

「ほらほら！　絶好の機会じゃん。なんなら、俺にお持ち帰りされて、試しに抱かれてみる？」

艶《つや》っぽい視線を向けられた上に耳元で囁《ささや》かれ、千映はぎょっとした。

「はっ？　何言ってるの？」

反射的に後ずさり、不覚にも意識してしまって赤くなった顔をふいっと背けた。

「からかうんだったら、他を当たってくれないか。俺、本気にしかけたのに」

ちらりと一瞥《いちべつ》すると、一樹はにこにこ満足そうに笑っている。

「ごめんごめん。俺のことはまた今度ってことで」

「はぁ……」

どうしたらこれほど能天気でいられるのだろうか。あり余っている元気を分けてほしいぐらいだ。

「いや、マジな話、こっちも困っててさ、他に代役いなくて焦ってるんだ。千映くんが引き受けてくれたら今晩の寝床を確保してあげる。互いの利益は一致しているわけじゃん？　旧友を助けるつもりで……頼むよ。」

両手を顔の前で合わせて、お願いと一樹が頭を下げる。頼む、頼む、と懇願する一樹の名演技に、千映は目を白黒させた。

「ちょ、一樹……」

これじゃあ、自分が極悪の外道みたいじゃないか。通行人の視線がちらちらと向けられていたたまれない。

そうやって頼み込まれれば、千映だって無下にしようとは思えなくなってくる。だいたい自分は元同僚の森山に情けをかけられて助けられながら、目の前の旧友が困っているのを見捨てるのか？　そんな自問自答に駆られた。

結局、どうしたって鬼にはなりきれないのが千映だった。

「……言っとくけど、身体《からだ》売るっていうのは、やんないから」

「もちろん。そこは約束する」

昔から一樹は軽いノリのやつだったが、さらに大人になって要領を得た分、フットワークが軽くなっている気がする。

その後、千映が悩む暇を与えないようにコンシェルジュの代役を務めるという話をすぐにまとめて雇い主に連絡を入れてしまった。

（やっぱこれって詐欺じゃん、オレオレ詐欺。知人を装い、同情を煽《あお》った挙句、法外の契約をさせる、みたいな）

むすっとした顔をしていると、一樹はなだめるように千映の肩を抱いた。

「そんな表情しないの。可愛《かわい》い顔が台無しだよ」

「一樹こそ、顔だけはいいんだもんな」

「何それ、超傷つくんですけど。これでも真面目にやってるんだよ。今から証明するから、ついておいでよ」

喋っているうちに今度は本当に酔いが回って、もうどうにでもなればいいと思いはじめた。自暴自棄状態のときに入った酒の力は恐ろしい。

結局、成り行きでついていくことになったのだが――。

今、千映の目の前には十九世紀のヨーロッパを思わせる立派な洋館があった。薔薇《ばら》が咲きこぼれる明るい灯に照らされた美しい庭に囲まれた屋敷は、現実感がなく、まるで別世界のようだった。

馨《かぐわ》しい薔薇の香りに包まれながら、一樹と並んでアプローチを歩くと、『アモロッソ～Ａｍｏｒｏｓｏ～』という店の看板が掲げられており、玄関へと向かうと、誰かが一樹のことを待っていたようだった。

「支配人、お待たせ。例の友人を連れてきたよ～」

一樹が慣れたように男に声をかけると、銀縁の眼鏡《めがね》をかけた白いスーツ姿の男性が、これまた白い手袋を塡《は》めた手を上げ、さあ中にどうぞ、と千映を促した。

「は、はい。お邪魔します」

「私はアモロッソの支配人、岡崎豊《おかざきゆたか》と申します。以後お見知りおきを」

「あ、えっと、新井千映です。よろしくお願いします」

はい、と上品な笑みを浮かべる岡崎は、眼鏡の奥の瞳にそこはかとなく酷薄な光を孕んでいて、なんとなく堅気ではない空気があるように感じられた。

恐れるあまりにそう思うだけだろうか。

「一樹、いい子を捕まえましたね。実に適任かと思います」

いい子、いい子、と岡崎は一樹の頭を撫でる。一樹もまんざらでもなさそうにして、ごろごろと喉を鳴らす飼い猫のようだ。

「でしょう？　千映くんほど適役はいないと思うんだよね～」

岡崎は頷《うなず》いてから、千映の方にも微笑《ほほえ》みをくれた。

「よく来てくださいました。これから着替えてもらいますが、時間がありますので、サロンの中を案内しましょう。談話室と更衣室などがあります。約束をした時間まで、コンシェルジュたちはここで待機することになります。まずはホールから……」

ドアを開けられた瞬間、一気に酔いが醒《さ》めた。天井からぶら下げられたシャンデリアが床の大理石に映り込み、ホール全体をきらきらと輝かせている。

ビロード張りのソファやテーブル、美しい調度品の数々、そして二階へと続くらせん階段。まさにお屋敷だ。

千映は心配になり、支配人に声をかけた。

「ＶＩＰ専用コンシェルジュというのは……具体的にどんなことをするんですか？」

岡崎は眼鏡のテンプルを指先で押し上げ、ちらりと一樹を一瞥する。

「一樹、ちゃんと説明しなかったのですか？」

「や～逃げられちゃうと困りますし」

その会話に千映が青ざめていると、岡崎は申し訳なさそうに眉を下げた。

「いくらなんでも、むりやりはいけませんよ」

さっき褒められたばかりの一樹は、何も言い返せないといったふうに肩を竦める。

やっぱり一樹に騙《だま》されたのか？　一気に不安がこみ上げた。

「千映くん、でしたね」

「は、はい」

「あなたは男性が好きですか？」

「えっ……」

突然なんという質問をするのだろう、と顔を赤くする千映だったが、岡崎は至って真顔で言った。

「私は好きですよ。だからこの仕事をしているんです。もちろん、ノンケの男性でも構いませんけどね」

その一言で、ああ、と理解した。

VIP専用コンシェルジュサービス『アモロッソ〜Ａｍｏｒｏｓｏ〜』のコンシェルジュ（ホスト）はつまり、【ゲイ】専門ということらしい。

VIP会員は、身分を明かして登録することが決まりになっていて、その代わり、こちらも守秘義務を徹底し、求められたことに誠心誠意応じることが務めだということを教わった。

サービスを利用する客は、コンシェルジュに満足できなければ、即交代させることができるし、次回から気に入ったコンシェルジュを指名することも可能らしい。

千映はごくりと喉を鳴らした。なんだかとんでもないことになってしまった気がする。

「……ということで、相手が相手です。お客様に失礼なことのないようにしてもらわなければなりません。まあ、でも社会人経験のある方なら、初回であれば二時間もあれば研修は十分でしょう。一樹、責任を持ってサポートをお願いしますね」

「えー俺も一緒に研修っすか？」

いやそうな一樹を、千映は思わず睨《にら》んでしまった。一樹は知らんぷりだ。

「あなたが連れてきたんでしょう？　先輩なんだから、よい手本を見せてください」

「はいー」

「では、まずシャワーを浴びて着替えましょうか」

にこり、と岡崎に微笑まれ、有無を言わさない空気を感じとった千映は、つられてこくりと頷いてしまっていた。

用意してもらったスーツに着替えたあとは、すぐに研修がはじまった。

一流ホテルや高級マンションに常駐しているコンシェルジュさながらのビジネスマナーや作法を教え込まれ、会話術を学ぶことになったのだが、チャラチャラしていた一樹ですら、ジェントルマンにでもなったみたいだ。不覚にも見惚《みと》れてしまうぐらい本気だった。

研修をする前よりも、かえって千映は心配になってしまった。

「……俺なんかが、ぶっつけ本番でほんとうに大丈夫なのかな」

「大丈夫だよ。社会人経験があれば、なんとかなるでしょ。表向きはコンシェルジュかもしれないけど、ヤルことといえばデリバリーホストと一緒だからね。上客に気に入られてなんぼよ」

岡崎が去ったあとで、一樹はネクタイを緩めながら、声を潜めて言った。

「ちょ、待った。ヤルことって何……！　聞き捨てならないんだけど」

「だ〜から、ぶっちゃけると、俺たちはゲイの客の相手をするんだよ」

千映はそれを聞いて、ぎょっとする。

「そんなの、話と違うじゃないか。身体は売らないって約束したはずだろ」

「まーまー、落ち着いて。相手っていうのは、初回までは話し相手だよ。だから、初めての千映くんは安心していいよ」

「信用していいの？　ていうか、待って、俺たちは……って今言ったよな。ってことは一樹も……？」

一樹は意味ありげに色めいた笑みを浮かべた。

「うんうん。高校時代まではノンケだったよ。その後バイセクシャルを経て、今は完全にこっち側だ。目覚めさせてくれたのは、千映くんだからね、責任取ってほしいくらいだけどなぁ」

「嘘《うそ》だろ」

それは結構、いやかなりショックだ。からかうために冗談を言っているんだと思っていた。だが、一樹の眼差《まなざ》しは真実味を帯びていた。

「俺、あの当時、千映くんのこと、本気で好きだったんだからね。適当にあしらわれちゃったけどさ」

「一樹……」

（同学年の女子を制覇する勢いだった、百戦錬磨の一樹が……まさかゲイになっていたとは……）

千映はもともと自分の性癖を自覚していたが、一樹のそれが目覚めるきっかけになったのが自分だなんて責任重大のような気がしてしまう。

「あ、ちょっと健気《けなげ》な告白にジーンとしたでしょ？」

一樹はにやついているし、やっぱりからかっただけなのかもしれない。

「一樹、ふざけるなよ。ほんとうのところ教えろよ。危ない橋を渡るようなものじゃないよな？」

千映は念を押すのだが、一樹は肝心なことを答えてくれない。

「あ〜ちょうどいい人材が見つかってよかった。あ、言っておくけど、もう、後戻りはできないよ。新しい制服も金かかってるんだからね。その分は働いてもらわないと」

さくっと話をはぐらかされた挙句、今、恐ろしいことを聞いた気がする。

「ちょっと待って、制服って……私費なのか」

「そうそう。くれぐれも給料泥棒はしちゃだめだよ、千映くん」

「その言い方はないだろ。協力してっていうから来たのに」

「はいはい、ちゃーんと働けばお給料から引かれるし大丈夫だよ。時間厳守ですから。初回、がんばって〜」

(やっぱり、詐欺と大差ないじゃないか。いや、完全なる詐欺だ。同情して損した。一樹のばかやろう！)

千映は心の中で叫び、わなわなと肩を震わせるのだった。


アモロッソに入ってから三時間後、研修を経たあとは送迎の車に乗せられ、客から指定された高級ホテルへと向かった。

千映に任された客は、外資系の一流ホテルグループ『ウィスタリアホテル』の日本法人代表取締役社長、柊木《ひいらぎ》怜央《れお》、三十一歳。身長は百八十三センチ……ロシア系イギリス人と日本人の両親を持つハーフの男性らしい。

ウィスタリアホテルグループといえば、世界百国で、千二百以上のホテルブランドを展開し、その名を轟《とどろ》かせている。日本でも東京、横浜《よこはま》、大阪《おおさか》、名古屋《なごや》、といった主要都市に十以上展開しており、超一流ホテルとして名高い。

世界のブランチのひとつである日本内のホテルをまとめるのが日本法人社長の柊木であるが、彼は単に日本を任された長というわけではなく、ウィスタリアホテルグループCEOの直系の後継者でもあるらしい。そんなVIPが今晩の顧客だ。緊張しないわけがなかった。

高級ホテルの部屋の一室で対面した柊木の第一印象は、『獣』だった。それも野蛮な肉食獣ではなく、架空の綺麗《きれい》な神獣といえるような。

仕立てのよさそうなダブルスーツに身を包んでいる彼は、畏怖と敬意のどちらもを感じさせる、百獣の王のような貫禄《かんろく》と、異国の王族のような気品をあわせもった人だった。

相手は超一流ホテルの業界に身を置く大物だ。コンシェルジュがなんたるかをよく知っていて当然だろう。ごまかしは通用しないのではないだろうか。

千映は対面してそうそう緊張に身を包みながら、岡崎から教わったとおりに恭しく挨拶をした。

「柊木様、いつもアモロッソをご贔屓《ひいき》にしていただきありがとうございます」

「ああ、今夜は君が担当してくれるんだね。よろしく頼むよ」

「はい。精一杯務めさせていただきます」

柊木のセクシーな低い声は、身体の芯に熱を灯《とも》すほど色っぽかった。千映はドキドキしながら、背の高い柊木を見上げた。

(こんな瞳の色……初めて見た)

世界の美しい風景という雑誌で取り上げられていた、全世界でたった二パーセントしかいないと言われている薄青色の、光の加減によっては紫にも見える、アメジストとタンザナイトのような明け方の空のように澄んだ瞳。息をのむほど美しいという感想を抱いたのは生まれて初めてだ。

「柊木様は、とても美しい瞳をされているんですね」

感嘆のため息と共に自然と心の声がこぼれてしまう。柊木がその美しい瞳でじっと千映を捉えた。あまりにも率直的すぎただろうか、と焦ったが、柊木はとくに気を悪くするようでもなく、おだやかに微笑んだ。

「ありがとう。母がロシア系のイギリス人でね、私はその血を引いたいわゆるハーフなんだ」

情報を共有しているから知れているだろうことも、彼は面倒がらずに丁寧に答えてくれる。すぐにでも何かを命じてこられると思って構えていたが、とても温厚な人柄なのだろう。

（えっと、これから、俺はどうすればいいんだ？）

挨拶は型どおりに入ることができたが、ここから先は客の要望次第である。自分がうまくできるのかどうか、千映は不安でたまらなかった。

「君は、千映くんだったね」

「はい」

千映は返事をしてから、しまったな、と思った。今さらだが、こういうところで働くときは源氏名のような偽名を使うのではなかっただろうか。

一樹は偽名を使うことなく堂々としているようだが、千映はそこまで自分の性癖をオープンに感じてはいない。身バレして困らない相手であることを祈るしかない。

幸い、柊木は会ったことのない男性だ。ウィスタリアホテルグループの存在は知っているが、庶民が気軽に利用できるホテルでもなし、接点はどこにもなかった。

「あまり慣れていない感じだけど、もしかしてアモロッソに入ったばかりなのかな？」

「はい。おっしゃるとおり、僕は新人です。あの、何かお気に障りましたでしょうか。不慣れで失礼なことがありましたらご指摘ください」

「ならば、ひとつ頼みがある」

「は、はい。なんでしょうか？　柊木様」

「そんなに怯《おび》えてかしこまる必要はないよ。力を抜いてくれないか。きっと支配人が色々考えてくださったのだろう。私の相手をするのは難儀だと思うから、君みたいな子ならどうかってね」

いや、待て。今聞き捨てならないセリフがあったような。

柊木の相手をする？　難儀というのはどういうことだ……？

千映は思わず柊木の下半身に目をやってしまった。外国人の血を引く彼はスーツの上からでも逞《たくま》しい体軀《たいく》をしているのだろうと見えるのだが、きっとそれは下半身に関しても同じであろう。日本人と外国人とくにヨーロッパの男性とサイズが違うというのは周知の事実だ。

凝視するのは失礼かもしれないが、あの皺《しわ》の寄り具合からしておそらく立派なものを持っているであろうことが予測できる。

千映はたちまち不安になってしまった。

ＶＩＰ客は高い金を払って、コンシェルジュをそばに置く。コンシェルジュは客の要望に応える。一応、風営法に反しないよう禁止事項はあるものの、密室では犯罪行為でない限り、どうしようとコンシェルジュの自由に任されている……と支配人である岡崎に話を聞いている。

一樹いわく、とにかく客を繋《つな》ぎ留めておくためには『なんでもする』らしい。ひょっとすると、こういった甘美なる妖《あや》しい場所を提供する事業の背景には裏家業の人間が絡んでいるのではないかと思えてきた。

（なんでもってなんだよ、一樹も……そういうことしてるのか？）

はぐらかされたまま、送迎係に連れてこられてしまったから、それ以上の詳しいことはわからない。ただ、チンピラみたいな客と違ってＶＩＰはわきまえているから紳士だし、安心していい、と言っていたとおりに、柊木は無理強《じ》いはしてこない。

（そうだよ。俺が初めてだっていうことは言ってあるんだし、初回は話し相手ってことだったんだから……）

自分をそう鼓舞して、千映はワインセラーに目を留めた。

「柊木様、まずは、ワインを一杯いかがでしょうか？」

「いや、酒はいい。あまり酔いたい気分じゃないんでね。できたら、冷たい水をもらえるかい？」

「かしこまりました。只今《ただいま》お持ちいたします」

緊張のせいで自分で感じている以上に手と足が震えていた。

千映はウォーターピッチャーを手に持ち、グラスに水を注ごうとしたのだが、うっかり手元が狂い、グラスからなみなみと溢《あふ》れた水がテーブルにこぼれてしまった。

「も、申し訳ありません」

「君、さっきから、手が震えているよ」

鋭い視線に射貫《いぬ》かれ、千映はドキリとした。彼の指摘どおりだったからだ。

「たいへん失礼いたしました。今すぐにやり直します」

慌てて布巾でテーブルを拭こうとすると、その手を柊木に止められた。

「何か事情でも聞かされた？　怯える理由が私の方にあるなら、率直に言ってほしい」

「そんなっ。柊木様のせいじゃありません。お会いしてからうっかり見惚れてしまって、柊木様みたいな素敵な男性にドキドキして緊張してしまうのは当然なんです」

パニックのあまりに心の中で感じたことがありのまま口に出てしまった。

「あ……すみません」

一気に捲《まく》し立ててから、千映は口を噤《つぐ》んだ。すると、柊木はふっと口元をほころばせた。

「君はよほど素直に生きてきたんだな」

「……よく言われます。素直というか……騙されやすいのがたまに瑕《きず》ですね。昔の恋人には……利用されましたし」

少しずつ、気分が落ち着いてきてから、千映は後悔した。なぜ、柊木に喋ってしまったのだろう。別にあえて言葉にする必要はなかったのに。

気難しい相手だろうと警戒していたから自己防衛のためだろうか。それとも、なんとなく話したくなるような雰囲気だったからだろうか。

「そっか。君にも色々あったんだね」

「はい」

千映は思わず俯《うつむ》き、唇を嚙《か》んだ。

「千映くん、初回はね、客の望むように話し相手になってくれたら、それでいい。支配人からそう言われたんだろう？」

「はい……」

「じゃあ、私の要望を聞いてほしい」

「もちろん、です」

「それだよ。着飾らなくていいから、そのままの君で接してくれ。その方が私も楽なんだ」

やさしい声色が耳に触れ、千映は弾《はじ》かれたように顔を上げた。

「柊木様……」

「そもそも、むりやりというのは趣味に合わない。安心するといい」

それを聞いた千映はホッと胸を撫で下ろした。くすっと柊木は笑う。

「ついでに君に教えてあげよう。上手なコンシェルジュは、会話や雰囲気だけで、客を満足させることができる。この先も安易に身を売りたくないなら、別の術《すべ》を磨くべきだよ」

「それなら、柊木様が、どうしたら気分よく過ごしていただけるか、俺に教えてください。応えられるようにがんばります」

千映は必死に訴える。

柊木は意表を突かれたような顔をしたあと、千映を眺めるように見つめた。

「あ、あの……」

「なるほど。先ほどまで怯えていたというのに、そういうふうに健気で、献身的なところが君のよさなんだろう、きっと」

薄青色の瞳に見つめられ、ドキッとする。戸惑っていると、柊木はソファの方へ顎《あご》をしゃくった。

「まずは……ソファに座ってくれないか」

「は、はい」

言われるままに千映はソファに座る。

「深く背にもたれかかって構わない。膝を貸してほしい」

柊木は言って、千映の太腿《ふともも》の上に、形のよい頭をそっと乗せる。千映は怖々としながら、あまり身動きをしないように気をつけた。

「こんな……感じでいいんですか」

「ああ。最近よく眠れていなくてね。睡眠薬に頼りすぎると依存してしまうと言われるし、参っていたんだ。少し……目を瞑《つぶ》らせてもらうよ」

「はい、どうぞ。寛《くつろ》いでください」

千映が返事をすると、柊木はさっそく瞼《まぶた》を閉じた。長い睫毛《まつげ》と彫りの深い顔は、彫像のようだ。整った面立ちは見慣れることも見飽きることもなく、ついじっくり見つめていたくなる。

客に望まれることをするのがコンシェルジュの役目。だからこうしているのだ、と思いたいが、恋人に膝枕をしてあげているようなこの状態は想像した以上にくすぐったい。

「あの、眠っても構いませんよ。時間がきたら教えましょうか？」

「いや、いい。それよりも、手を貸してくれないか」

左手を握られ、その熱い体温にドキリとする。柊木は目を閉じたまま、千映の骨の感触を味わっているようだった。

指の輪郭を辿《たど》るように触られるのが思いのほか気持ちよくて、千映の方が目を瞑ってうつらうつらしたくなってしまった。

空調のかすかな風に吹かれて、柊木の長い睫毛が震える。

戸惑いながら引き受けた千映だったが、なんとなく柊木の気持ちがわかるような気がした。

「人の体温って、落ち着きますすね」

思わず口をついて出た。

「ああ」と答える柊木の手に、若干力がこもった。

人肌の温《ぬく》もりを感じていると、不意に恋人の江波と過ごした時間が思いだされた。

先輩として尊敬し、ずっと密かに憧れていた。恋仲になれてどれほど嬉しかったことか。彼ならば盗作などしなくても素晴らしい作品が作れたはずなのに、どうしてあんなことをしたのだろう。

結局のところ、自分に声をかけたのは出世と名声のため。そのために恋人同士になる必要があった。

千映は利用されていたのだ。

一年半という交際期間は、江波にとっては自分が独立して名声を得るために必要な準備期間だったのだろう。江波は千映を心から愛していたわけではなかった。

千映は何も知らずに騙され、恋に溺れ、無知のまま、新進気鋭のデザイナーと称される江波を妄信していたにすぎない。自分の渾身作であるデザインが盗まれていたとも知らずに。

江波に搾取され続けていたのなら、千映はアシスタントという枠から抜け出せるわけがなかった。

自分の才能と価値を、自分自身で殺していたようなものだ。

(バカだった。ほんとうに……間抜けだ)

挙句の果てに、住むところも仕事もなくなり、今こんなふうにしている自分が不甲斐ない。

(なに、やってたんだろう……俺……)

だんだんと目頭が熱くなり、身体が小刻みに震え出す。ついには涙が溢れてきてしまった。

「千映、くん？　どうしたんだ」

「な、なんでもないです。すみません。えっと、居心地は悪くありませんか？」

慌てて涙を拭おうとしたが、時既に遅し。ぽたりと、柊木の手に滴が落下した。

柊木が驚いた顔をして、それからのっそりと身体を起こした。

「大丈夫……ではないようだね。どうして、泣いているの？　私がこうするのはいやだったかな？」

「申し訳ありません、柊木様に失礼なことをしました……違うんです。俺っ……」

声にならないながら、必死に謝ろうとした。だが、それは許されなかった。

突然頤《おとがい》を摑《つか》まれたかとおもいきや、唇を塞がれてしまい、千映は瞳を丸くする。目尻からは一粒の涙がこぼれていった。

柊木の憂いを帯びた瞳に捉えられ、千映は息をのむ。

いったい何が起こったのかすぐには理解できなかった。だが、柊木の伏せられた睫毛を視界に捉え、唇の柔らかい感触が伝わってくると、急激に顔の真ん中あたりに熱がこみ上げてきた。

柊木に唇を奪われている。その事実を胸の中で確かめると、強烈な羞恥と動揺に駆られた。

（うそ、キス……どうして……）

戸惑う千映の上唇を、柊木はやさしく吸い上げ、下唇も同じように愛撫《あいぶ》する。まるで恋人になだめられているみたいなやさしいキスの仕方がとても心地よく、千映もいつの間にか睫毛を伏せ、柊木のくちづけに懸命に応じていた。

キスだけでもう股間にあるものが反応しているのを感じた。激しく興奮してしまっているのだ。

どうしよう。やめなくちゃ後戻りできなくなる。そんな警笛が頭の中で鳴るものの、柊木の巧みなキスは、千映の思考を容易く蕩《とろ》けさせ、余計なことを考えさせなくする。

唇をやさしく抉《こ》じ開けられると、ねっとりと熱い舌を絡められ、ざわりと全身に甘い快楽の波が広がった。

舌先で転がすようなキスと、貪るようなキスとを繰り返され、愛撫してくれる柊木に対して思慕の情がこみ上げてきそうになる。

手を出さないと言ったのに手を出されたことへの嘘に憤りを感じることなどもはやなかった。

ああ、なんて気持ちいいキスなんだろう。こうしてたくさん舌を絡めて、抱きしめあって、願わくは、このスーツの上からでもわかる逞しい体軀に組み伏せられ、めちゃくちゃにされてしまいたい。いっそ全部を奪われても構わない。

そんな自暴自棄ともいえる感情が湧《わ》き上がってくるのを感じていた。

「……っ……は、……ん、……」

千映は柊木の腕に縋《すが》りつき、まるで中学生男子が覚えたてのキスに没頭するかのように彼の唇を懸命に貪った。

熱い吐息まじりの濡《ぬ》れた舌に絡めとられると、よりいっそう気分が高揚した。

そうして夢中で求めあっているうちに、いつの間にか涙は止まっていた。

息も絶え絶えとなるところで唇は離された。柊木が千映の頬を両手で包み、こつりと額同士をあてがう。薄青色の瞳の中には、欲情してとろんと蕩けた顔をした自分が映っていた。

「千映くん」

名前を呼ばれて、千映はハッと我に返る。

今、俺、何をしていた？

心臓の鼓動は騒がしいし、下半身では張りつめたものが脈を打っている。なし崩しのままキスを受け、そのまま抱かれても構わないと思っていた自分が、恥ずかしい。

「君が誘惑をしてどうするの？　放っておけないような顔をされると、私もこのあとどうしたらいいか困るよ」

たしなめられ、千映はかあっと顔を赤くした。

「……す、みません、俺……失礼な振る舞いをしてしまいました。き、キスが……あまりに気持ちよくてっ……それで」

千映は慌てて柊木から離れた。

しかし、甘い余韻にひたった身体はまだ熱く、頸動脈《けいどうみゃく》のあたりがズキズキする。

「キスはいやじゃなかったの？　気持ちよかった？」

「は、はい……お恥ずかしい話ながら」

そう、キスをされたことよりも、没頭するように身を預けていた自分の方に驚いていた。

これじゃあ本当にＶＩＰに媚《こ》びて身売りをする男娼じゃないか。

「君は素直で可愛いね。これでは客もよりどりみどりだろう」

柊木に品定めの目で見られ、千映は羞恥のあまり消えてしまいたくなった。

「でも、誰でもよかったわけじゃ、ありません」

なぜか千映は必死に否定した。柊木に嫌われたくない、という焦りにも似た感情が湧いたことにも驚き、そんな自分自身に千映は戸惑う。

「特別な方法でしか癒やせないことがあるってことを、君は身をもって学んだんだ。私がその相手役になれたのなら喜ばしい限りだよ」

柊木はぽつりと呟き、千映を見つめた。

たしかに彼の言うとおりだと、千映は思った。自分の中でどうにか眠らせている元恋人への暴力的な感情は、ほんの一瞬で膨れ上がって歯止めが効かなくなることがある。自分でどうにかやり過ごそうとしてもやりきれないことがあるのだ。

柊木が人肌を求めたように、千映もまた温もりが恋しかった。慰めてほしくなったのは、千映も一緒だったのだ。

でも、冷静にならなくてはならない。柊木と千映はＶＩＰ客とコンシェルジュの関係である。サービスと私的な事情を一緒くたにしてはいけないだろう。客からの情けに甘えていては、コンシェルジュとしての立つ瀬がない。

「我を忘れてしまいました。コンシェルジュ失格です。申し訳ありません」

柊木は首を横に振った。

「私の方こそすまない」

そう言い、千映の唇の表面を指で拭う。その指先の刺激にすら、びくりと敏感に反応してしまい、柊木に至近距離で見つめられた千映はかあっと顔を赤くする。

「君は……可愛い顔をした、小悪魔だね」

困ったように眉を寄せつつ、柊木はくすりと笑う。

「え……」

「忘れていたのかい？　初回は手を出さないという約束だったはずだ」

「それは……」と千映は自分の唇に手を添えた。千映こそ柊木のことを言えた口ではない。自分の欲望のままに甘えていたことを思い知らされる。

柊木は申し訳なさそうに睫毛を伏せた。

「むりやりすることを望まないと嘘を言ってしまったことを詫《わ》びよう。コンシェルジュが客に傷つけられることがあれば、支配人に報告をすることになっている。今日のことも報告してくれて構わないからね」

柊木は律儀にも、そう言った。親に叱られた子どものような、きまり悪そうな彼の顔を見たら、とてもそんな気は起こらなかった。

「俺、言いませんよ」

千映はきっぱりと言いきった。柊木が意表を突かれたように、戸惑った表情を浮かべている。

「だって、今のは……柊木さんが、俺のためにしてくれたんでしょう？　気持ちよかったし……癒やされたんですから、傷つけられたなんて思いません」

「それで気が済むのかい？」

「というか、正直、俺だってもっとしたいって思っちゃったんです。教えてください。俺は、柊木様のために、何をすればいいですか？」

「それを言うなら、私だって、もうさっきしてもらったよ。君の涙を見てああしたいと衝動的に思った。気持ちいいと思ったのは、君だけじゃないよ。私も一緒だ」

恋人を甘やかすように、柊木の目元がやさしく緩む。そんな表情を見てしまうと、ますます胸の中が騒がしくなってしまう。

「じゃあ、君の言葉に甘えさせてもらえるのなら、お互い様ということでいいかな？」

「……はい」

千映が小さく頷くと、柊木は微笑を浮かべ、向こうの部屋へ顎をしゃくった。

「それと、支配人から事情を聞いているよ。ゲストルームに君を泊める約束をしてあるんだ」

「えっ……そう、なんですか」

それは初耳だ。岡崎は千映には何も言っていなかった。

「事情はよくわからないが、今夜寝られる場所を探していたんだろう？」

「たしかに、そうですけど……」

一樹が言っていた『寝床を用意する』というのはそういう意味だったのか、と今さらながら納得した。しかし、まさか客にホテルの部屋をねだることになるとは思ってもみなかった。

（それって、もしかしたら客に手を出されるかもしれない予測が最初からあったってこと？）

了承したのは千映なのだからこの期に及んで騙されたとはもう言わないけれど、岡崎も一樹も狡《ずる》いとは思う。

それとも、客が柊木のような男性であることも見越していてくれたのだろうか。

「君に手を出す気はないから、安心してくれ」

考えていたことを見透かされてしまったみたいだ。柊木になんだか申し訳なかった。

そして、ホッとするよりも、残念のような気持ちになったのは……キスの余韻を引きずったせいであり、気の迷いということにしてもいいだろうか。そうでなければ、この胸の中で沸々とたぎる感情がなんなのか説明できない。

「ゆっくり朝まで休んでいくといい。私もこれから残っている仕事を済ませたら、寝室で休むことにするよ」

「ほんとうに泊めさせてもらって、いい、んですか？」

「ああ。不安なら支配人に連絡を入れるといい。そうだな……寝床の提供は、今夜君の唇を奪ってしまったお詫びということにしよう」

「さっきおあいこだって言ったのに」

「じゃあ、これはチップ代わりだよ」

柊木は微笑んでそう言ったきり、千映に背を向けた。彼はとてもやさしい人だ。きっと、狼狽《ろうばい》している千映に配慮してくれたに違いない。

初対面で彼を獣のようだ、と感じたことは訂正しよう。彼ほど紳士的な人はいないのではないだろうか。そう思う。

千映はゲストルームに入ってから、気が抜けたようにベッドにぼすっと倒れ込んだ。

部屋にはシャワールームが備え付けてあり、至れり尽くせりのアメニティや着替え一式も揃《そろ》っている。すぐにも汗を流してさっぱりすればいいのだが、いろんなことがありすぎて起き上がれないぐらい脱力してしまった。

とにもかくにも今夜寝るところが確保できてよかった。この年でホームレスのように新聞や段ボールに包《くる》まって寝るのは得策ではない。ただでさえ千映は無垢《むく》な少年らしい美貌をかわれることがある。チンピラみたいな輩《やから》に襲われないとも限らない。身の安全は金では買えない世の中だ。

（ありがとう。柊木様……）

千映は枕にしがみつき、キスの余韻もそこそこに目を瞑った。

そのままうつらうつらするうちに、いつの間にか意識がすうっと吸い込まれていくのだった。

＊＊＊

二十五歳の青年にしては、千映はずいぶんと童顔のように思う。

触れた手は体温が低く、身体は線が細くて、華奢《きゃしゃ》な骨格をしている。きっと彼は見たとおり繊細な性格をしているのだろうと思われた。

仕事か恋人か家族か、彼はなんらかの悩みを抱えているようだ。男が見ず知らずの他人の前で泣いてしまうほどなのだから、相当辛《つら》いことがあったに違いない。

かわいそうに、という同情の気持ちから、彼の心の傷を塞いでやりたい衝動で、柊木は千映の唇を奪った。

しかし、柊木は自分自身が彼に癒やしを感じ、人肌の温もりを求めていたことに気付かされた。

『きっと今までにないほど気に入られるでしょう』

支配人が自信を持って彼をおすすめした理由が柊木にはわかった。彼は柊木の好みの男性像に限りなく近い。

見目の整った甘いマスク、はかないような雰囲気と、色白の肌に涼やかな声、爪の先まで華奢な身体、彼の持つそんな魅力にそそられる。

惹《ひ》かれる一方、彼は自分なんかが穢《けが》してはいけない人間に思えた。あんなふうに純粋な涙を流せる彼なのだから、この先もずっと綺麗なままでいてほしい。そんなふうに感じたのだ。

この先、客を取れるのだろうか。彼は損をするタイプのように見てとれる。

はらはらと焦りのようなものを感じて、柊木は内心自嘲した。

自分が心配しても仕方のないことだ。彼はプロとしてやってきたのだ。こんなことを考えるのは、柊木のお節介《せっかい》でしかない。

柊木は千映のことをそれ以上考えないようにし、頭の隅へと追いやった。

翌朝、柊木は千映がいるゲストルームを訪ねた。ノックをしても返事がなかったので眠っているのだろうと思ったが、昨晩の彼の涙が気になって、様子を確かめにきたのだった。

カーテンの隙間からこぼれた朝陽で、青年の色白のほっそりした頬に睫毛の影が揺れていた。

千映の場合は、素直というよりも無垢であり、二十五歳にしては些《いささ》か無防備といえるだろう。

ぐったりした寝顔から察するに、相当疲れているようだし、このまま寝かせておいた方が彼のためになるだろう。

本音を言えば、柊木の千映に対する好奇心が一時的なものなのか確かめるためにも、彼ともう一度話をしてみたかったのだが、今日のところは時間がないので諦めることにした。

柊木は頭を仕事モードに切り替えると、スーツの上着に腕を通し、それから部屋を出た。

ロビーに到着すると、既に秘書の中谷篤仁《なかたにあつひと》が待っていて、柊木に対して恭しく頭を下げた。

「おはようございます。社長」

「ああ、おはよう」

いつもとなんら変わりのない光景である。スケジュールを告げようとする中谷の言葉を遮り、柊木は中谷を追及した。

「支配人を介して、あの青年がコンシェルジュになるよう根回しをしたのはおまえか？　中谷」

「なんの、ことでしょう？」

涼しい顔のまま、中谷は眼鏡のテンプルをそっと指先で支えた。彼には焦る気配もなく、いつもどおりである。

そんな中谷の表情がなんとなく面白くなかったので、柊木はわざといやみを言い、真意を探ることにした。

「コンシェルジュに向かなそうな子が私のところに来たんだが」

「さようでございましたか。新人だったのでしょうか？」

「新人にも程があるようだよ」

「大変失礼いたしました。お好みに叶うと思ったのですが、ご満足なさらないのであれば、アモロッソの支配人に連絡を入れておきましょう」

相も変わらず至極当然のように話を流そうとする中谷を、柊木は鋭い視線で牽制《けんせい》した。

「そうは言っていない。まったく白々しいことだな。賢いおまえのことだ。私の言っている意味が表面上のものだけと思っているのではないな？」

「では、率直に申し上げます。今回の件はカウンセラーからのアドバイスがございました。そろそろ次のステップに進んでもよろしいのではないかということでしたので」

おそるおそるといったふうに中谷は言った。

なるほど、と柊木はため息をついた。

「それで、おまえは易々《やすやす》とその案を採用したわけか？」

重役の補佐としての落ち度を追及すると、中谷は落ち着かない様子で、言い返してきた。

「僭越《せんえつ》ながら申し上げます。これまでも酒とタバコ、頭痛薬に睡眠薬、依存しかけた状況を克服してきたではないですか。ここまできたのですから、きっと最終ステップもうまくいくと思うのです」

「……昔の話はいい」

「……失礼しました。では、仕切り直しまして、スケジュールをお伝えします。まず会議の前に……」

「カウンセリングを受けるようにすればいいのだろう？」

「はい。そのとおりです。お仕えする重役に万が一のことがありましては困りますので、しっかりとカウンセリングを受けていただき、養生してもらえれば幸いに存じます」

常に冷静沈着で無愛想な中谷は、重役の秘書というだけでなく、柊木家の執務を任されている男だ。ゆえに、柊木が数年前から患っていることを誰よりも気にかけている。

実はここ数年、柊木は眠れない、手が震える、呼吸が浅くなる、動悸《どうき》がする、などの異様な症状が出るようになっていた。

とくに不眠の症状は数年にわたって長く続いた。眠れなければ翌日の仕事に支障が出る。おのずと体調も悪くなる。とくに季節の変わり目は顕著で、負の連鎖を断ち切れないでいる。

人間ドックにかかり、精密検査を受けたが、身体には異常が見当たらなかった。よって、仕事の悩みやストレスなどが原因で身体に不調が出ているのではないかという診断が出されたのだ。

ウィスタリアホテル日本法人の長として、いずれはグループのCEOの後継者として期待されている柊木が、これ以上体調が悪化して仕事が手につかなくなるようでは困る。なんとか改善できないか思案した結果、柊木は心療内科医のカウンセラーにかかることになった。

心療内科医の吉永聡介《よしながそうすけ》という男は、柊木の十年来の友人で、ウィスタリアホテルグループの顧問カウンセラーとしても契約していた。日頃から定期的に社員の悩み相談や体調チェックなどのカウンセリングを担当してもらっている。

出社してすぐ、柊木は秘書の中谷を従えて執務室に向かった。十五分ほど国内外の収益報告書に目を通していると、ノックの音が響きわたった。

柊木の返事と共にそばに待機していた中谷がドアを開ける。

白衣を羽織った男、心療内科医の吉永が入ってきた。

「やあやあ、おはようございます。柊木社長、体調はどうですか？　さて、十段階でいうと？」

白衣の前ボタンを閉めようという気はないのだな、と彼の軽い格好を眺めつつ、柊木は十段階のうちどこに自分が在るのかを考えることにした。

吉永はこうしていつも十段階のうちどのくらいだ、と尋ねてくる。最初は吉永独特の方針なのだろうかと訝っていたが、聞くところによると心療内科医の常套句《じょうとうく》らしい。

目に見える身体の不調と違い、心理的な病は、患者の主観、感じた痛みの程度など人それぞれであり、それを医師が把握することは難しい。

そのため、患者個人それぞれの十段階評価あるいはパーセンテージを定期的に尋ねるのだという。いわば患者の心理に対する「触診」である。

「五……だね」

柊木はそう答えた。

悪くはないが、よくもない。仕事は滞りなくやれているが、柊木の中でここ五年ほど鬱積したものはすぐに取り除けるわけではなかった。

感覚的なものに例えると、長いトンネルの先には光が見えるのに、そこに辿り着くまでの距離がいつまでも縮まらず、そればかりか出口が遠ざかっているような感じだ。

早く元の精神状態に戻らなければ、と焦れば焦るほどトンネルの出口は小さくなったように感じた。

パニック症候群に多く見られる過呼吸発作を引き起こしたことも数回ほどある。

五年前にそういった心因性の病にかかって以来、なんとか安定剤で発作は収まり、時期を見て断薬したのだが、それでも不眠症や不安神経症と呼ばれる症状から完全に解放されたわけではなかった。

「うーん、一度は不眠症も改善の兆しがあり、処方された睡眠薬の断薬からかれこれ一年かけてなんとか五までこぎつけましたか。しかし、そこからなかなか進みませんねぇ。あとひとつ、今年はのんびり六、来年には七を目指しましょうか。案外あと少しですよ」

吉永は白い歯を覗かせて笑う。彼の場合はけっして深刻な感じにしないのが常だった。

「まあ、季節の変わり目は、みなさん普段よりも体調が悪くなる方が多いから、一進一退は当然ですし、そう悪い方には捉えないでおきましょう。だいじょうぶ、だいじょうぶ」

吉永は胡散臭《うさんくさ》いほどの爽やかな笑顔を浮かべながらそう言った。柊木のそばに控えている無愛想な秘書の中谷とはまったく対照的な存在だ。

それでも信頼を寄せて顧問カウンセラーにまでするにはわけがある。

吉永にもトラウマになるほどの辛い過去があり、それを乗り越えた上で心療内科医を目指したという背景があることを柊木は知っているからだ。

吉永とは大学時代に知り合った。大学に在学中、吉永は父親の暴力から逃れるために避難したアパートで暮らしはじめた矢先、母親が失踪してしまうという不幸に見舞われていた。

父親は息子である吉永に金を無心するため大学までやってきた。母親を殺したのはおまえだと大声で喚《わめ》き散らしたこともあった。

柊木はそのとき吉永のそばで友人として励ました。柊木家の顧問弁護士に頼み、父親と離縁ができるよう力を貸した。そしてしばらくの間、一緒に暮らすことになったのだ。

結局、吉永の母親は行方不明のまま見つかっておらず、生きているかどうかもわからない状況だった。

そこで柊木は自分の父親に、吉永が卒業するまでの学費を援助してくれるように頼んだ。

吉永はそのとき、いつか自分が独り立ちをしたときに必ず力になると柊木に誓ってくれたのだった。

あれから十年……その言葉に偽りはなく、彼は今こうして柊木の力になってくれている。軽そうに見え、実に義理がたい人間なのである。

「それで、昨日はどうでしたか？」

「四」

「おや、昨日が四で今日が五ということは、一段階上がってますね！　おめでとうございます。昨晩の相手は、手ごたえありそうなタイプでしたか」

吉永が嬉しそうに顔に皺を刻ませた。

柊木は思わず、ちらりと秘書の中谷を一瞥した。

「やはり、吉永の入れ知恵だったか。あいつの独断にしては先走りすぎて、おかしいと思ったんだ。うちの秘書に余計なことを吹き込まないでくれよ」

「いやいや。もともとは篤仁くんの方から相談があると言われたんだよ。好みの子を紹介したらどうかって。ねえ？」

吉永がそう言って、直立不動状態の中谷に救いを求めるものの、中谷は困惑した表情を浮かべるばかりだ。

「……失礼を承知で申し上げますが、先に名案だろうとおっしゃったのは吉永先生ではないですか。それから何度も申し上げるようですが、私のことはどうぞ中谷とお呼びください」

中谷の表情や口調は目に見えて変わらないが、不満げな空気は伝わってくる。

「うーん、篤仁くんのことは、昔から知っているから、なんか違和感があるもんで、ついね」

ははは、と吉永は頭を掻《か》いた。もう何も言うまいと思ってたのか中谷は一文字に唇を引き結び、むすっとしている。

「とにかく、その件は職場でする話ではないだろう」

柊木はやれやれとため息をつく。

「いやいや、顧問なりに考えたんですよ。そろそろ慣れが出てきた頃でしょう？　事務仕事のようなルーティンワークのようになっては、カウンセリングの意味がないのでね。もうちょっと突っ込んだ話をしたいと思うんです。ということで、今度また週末にでも飲まないかい？」

吉永の回りくどい誘い方は、昔から変わらない。だが、いやな気はしない。彼の人柄がそう感じさせるのかはたまた柊木の方の慣れなのかはわからないが。

「ああ、わかった。私から連絡を入れよう」

柊木の回答に満足した吉永は、そういうことで、と白衣を翻し、ひらひらと手を振って、さっさと部屋を出て行ってしまった。

「あれで顧問契約とはね」

柊木は苦笑する。毎回そうだが、まともにカウンセリングされたような気がしない。

「きっと週末にフォローしてくださるんでしょう」

「あいつのプライベートの話でうやむやにされる気がするけどな」

結局いつも世間話で終わる。それが柊木の癒やしの時間になっているとすれば、結果オーライといえなくもない。

「先に伺っておきます。今夜はどうなさいますか？」

中谷に尋ねられ、柊木は返答に困った。

仕事以外の話し相手が必要……という意見には同意だ。ひとりきりの夜は余計なことを考えてしまいがちである。人の温もりがそばにあれば安心することもある。だから柊木は吉永や中谷に勧められるままにアモロッソを利用しているのだ。

あの子を指名したら、昨日のことを気にしていやがるだろうか。反対に、他のコンシェルジュを指名したら、彼のガラスのような心を傷つけはしないだろうか。

「ずいぶんとあの青年を気にかけていらっしゃるようですね。よほど相性がよかったのでしょうか」

期待を膨らませてなのか、ずっとそばにいる者の嫉妬ゆえなのか、いまひとつ中谷の表情は読めないが、いやみのように聞こえた。

「吉永じゃあるまいし、妙な詮索はしないでくれないか」

「ええ、私はカウンセラーではありませんが、秘書としましては、一パーセントでも二パーセントでも、ボスに改善の可能性があれば見逃すわけにはいきません」

中谷はもともと忠犬のようであったが、この頃さらに拍車がかかっているように思う。忠誠を誓ってくれるのはありがたいが、たまにいきすぎて窮屈に感じることがある。

柊木は無垢な青年、千映のことを思い浮かべ、どうしたものかと迷った。

彼は男にしては線の細い身体をしていた。彼の華奢な腕を引き寄せ、唇を重ねたときの感触が、今も鮮明に残っている。

柔らかく甘い香りが、細切れになった艶《なま》めかしい息遣《いきづか》いが、今も鼓膜に蘇《よみがえ》ってくる。

最初は慰めのつもりだった。なんというか彼には保護欲を起こさせる何かがあるのだ。

それがいつしか火をつけてしまったらしく、激しく貪られることを彼は望んでいた。それが柊木の欲情をことさらに煽り、久方ぶりに本能に突き動かされるままにくちづけを堪能した。

できるのなら、もう少しあの青年のことが知りたい。触れてみたいと、柊木は密かに思っていた。

もしかしたら彼ならば、という期待めいた気持ちもあった。

迷っていたが、柊木は心を決めた。

「今夜、アモロッソに……連絡を入れておいてくれ」

「かしこまりました」

中谷は一礼し、ようやく柊木から離れた。

柊木はプレジデントチェアの背面に背中を深く沈めたあと、思い立ったようにデスクに仕舞っていたタブレットを開いた。

スケジュール帳を管理しているアプリをタップして起動してみると、赤い文字で書かれた項目があった。

（あの日か……）

比較的調子がよかったこの頃でも、体調が安定しないのにはわけがあった。

東京はつい先日梅雨入りした。こういう季節の変わり目に体調を崩す人は多くいる、と吉永は言っていた。

それもたしかに一理あるのだが、柊木の場合は他に理由があった。

きっと陰鬱な気分になるのは、まもなく『五年前のあの日』が近づいているからなのだろう。

そう五年前のあの日も、紫陽花《あじさい》がぽつぽつと街を彩る季節の頃だった。

痛みは和らいでも、完全に消えることはない。毎年、忘れようとさせないかのようにじくじくと浮き上がってくる。

自責の念が、いつまでも消えない。もういいから、と許されたとしても、過去の残像が今の自分を縛り付けて放さないのだ。

せめて、あの人が幸せでいてくれるといい。柊木はそれだけを願い、静かに目を瞑った。

＊＊＊

（そろそろ出社した頃……だよな）

ホテルに宿泊した翌朝のこと。

千映はスマートフォンの時刻表示を見て、元恋人の江波と一緒に暮らしていたマンションへと向かった。

途中で江波と鉢合わせすることにならないよう見計らいながら、適当に時間を潰してエントランスに足を踏み入れる。

目的の1136号室の郵便受けを一瞥し、緊張に身を包むと、それから合い鍵を使ってオートロックを解除し、エレベーターに乗り込んだ。

十一階にエレベーターが停止するまでの間、千映は昨晩のことを考えていた。

(なんか……昨日はとんでもない一日だった気がする)

恋人の江波と別れ、森山とバーで飲んだ帰りに一樹に再会し、アモロッソに連れていかれ、コンシェルジュとして客の柊木に出会った。

まるでメリーゴーランドに乗り、景色が次々に変わっていくような目まぐるしい展開だった。

今朝、目が覚めると既に柊木の姿はなかった。頼んでもいないのにルームサービスで朝食が運ばれてきて、千映は戸惑いながらもありがたくいただいた。もちろんチェックアウトの必要もなかった。

コンシェルジュの千映の方こそ紳士の対応をすべきなのに、それらしいことを何ひとつできていない。それればかりか甘えさせてもらい、至れり尽くせりの恩恵を受けたのは千映の方だった。そう考えると、柊木に申し訳なくてならなかった。

昨晩の柊木の様子を千映は思い浮かべる。

何もかも恵まれていそうな、地位も名誉も財もある人間なのに、柊木はちっとも幸せそうではなかった。

彼の場合は豪遊のためにサービスを利用しているわけではなさそうなのである。その理由がなんなのか気にかかった。

不意に柊木とキスしてしまったことを思いだしてしまい、かぁっと頬に熱が走る。まさか恋人でもなんでもない一夜限りの男性とあんなに濃密なキスをすることになろうとは。

(ほんとう、どうかしてたよな……)

千映は今になって反省する。いろんなことがありすぎてメンタルがおかしかったんだと思う。人恋しさのあまりに甘えたかった気持ちがあったのは否めない。

キスをされても少しも嫌悪感は湧かなかった。むしろ荒《すさ》んだ心をなだめてもらったのは千映の方だったのだ。それに甘えさせてもらった挙句、もっと、もっと、とわがままにも情欲に溺れそうになった。

恋人に裏切られ、仕事を失ったばかりなのに、浅ましくも他の男に感じてしまったのだ。

たぶん、あのまま柊木に求められていたら、コンシェルジュの初回の制約など忘れ、最後まで身体を許してしまったかもしれない。

自分が思っている以上に、人肌が恋しかったのだと気付かされた。だとしたら、同調してくれた柊木もなんらかの理由で悩み、温もりを恋しがっているのではないだろうか。

エレベーターが目的の階に到着し、ハッと我に返ると、降りたタイミングでスマートフォンが振動した。

見慣れない携帯番号に首をかしげつつ、通話をオンにする。

するとと、聞きなれた声がきんきんに響きわたった。

『あ、千映くん、オレオレ』

「……出た。オレオレ詐欺」

『まーだ言ってんのー？　じゃあ、オレが誰なのかわかってんでしょ？　当ててみてよ』

スマートフォンの向こう側で、楽しそうに声を弾ませているのは……どう考えても一樹以外にはいないだろう。

早く言ってみてといわんばかりの間がなんかいやだ。獲物を狙った狼《おおかみ》が尻尾を振っている気がして、ほんとうは返事をしたくない。ないのだが……迷っている間に、生来のお人好し成分がじわじわと理性を食い尽くす。

はぁ、とため息がこぼれる。

「一樹……でしょ」

ついには口をついて出てしまった。

『ピンポ～ン』

構ってもらえた狼はおおはしゃぎだ。罪悪感など感じる間もなく通話をオフにしてしまえばよかった。

「あのさ、俺、一樹にケータイの番号、教えたっけ？」

『支配人から聞いたんだ。そんで伝言を頼まれたんだよ』

「伝言？」

そわそわした雰囲気が伝わってくる。なんだかいやーな予感がした。

『そそ。もう一回、千映くんにコンシェルジュやってほしいんだってさ』

「昨日は本当に寝床に困ってたから頼んだけど、もうあれっきりにしようと思ってたのに」

『それがさ、そういうわけにもいかなくなったんだ。千映くんが担当したお客さんからご指名があったそうなんだよ』

「えっ……柊木さんが……俺を？」

『そう。断れば、うちが不評をかうことになるしね』

まさか。不慣れな対応をしてしまったし、呆れられてもおかしくなかったのに。

（柊木さん、どうして……俺を……？）

驚きとも喜びともつかないような、妙な気分だった。否、進んでコンシェルジュになったわけでもあるまいし、嬉しいと思ってしまった自分は明らかにおかしいだろう。

『そういうわけだから、アモロッソに来て、じゃあね♪』

「ちょ、俺、まだ返事してな――」

千映が動揺している隙に、言いたいことだけ言ったらもう用事はないといわんばかりに、一樹から電話を切られた。

さっき自分こそそうすべきだったのに、と悔いてももう遅い。

「はぁ……なんなんだよ」

あの日、一樹と再会したのが運の尽きだったのだ。今やすっかりカモにされてしまったようだ。

柊木はいい人だったと思う。けど、一樹に好き放題されるいわれはない。もちろん、寝床を提供してもらえたのはありがたかったけれども。

（うー……なんか……腑《ふ》に落ちない）

自分の間の悪さに苛立ちを覚えつつ、スマートフォンに八つ当たりをすべく、バッグに乱暴に仕舞い込んだ。

別に契約書を交わしたわけじゃないし、さっきも返事をしていない。一方的に頼まれただけなのだから、すっぽかしても構わないだろう。そうすれば、もう接点なんてなくなるのだ。

頭が痛くなってきたので、それ以上考えるのをやめた。

マンションの部屋の玄関に辿り着くと、さっそく鍵を開けて中に入ることにする。

一歩足を踏み入れた途端、よく馴染んだコロンの匂いがした。たった一日しか違わないのに、昨日までとそう変わらない風景のはずなのに……しっくりこない違和感があるのは、気持ちが離れた証拠だろうか。

江波が他の男を招き入れて、自分以外の誰かとセックスしていた光景が、盗用されたデザインの数々が、はっきりと脳裏に焼き付いたまま離れない。

『悪いことをする男だね』

クライアントの男が色めいた声でそう言った。その男にまたがるようにして、江波は悪魔のような笑みを浮かべた。

『ああ、いいアシスタントを見つけたもんですよ』

千映はそのときの記憶を追い払いたくて、ぶるぶると頭を振った。

だんだんと部屋にいることで気分が悪くなってくる。本能的にここにいることを拒んでいるのかもしれない。

さっさと自分の所持品を回収して、部屋から出て行こう。そう考えながらデスクの上のデザインブックに手をかけたときだった。

部屋のドアが開く音がして、千映はぎくりとし、その場で凍りついた。

視線だけを横に移す。

「なんだ。忘れ物を取りにきてみれば……千映、おまえ……戻ってきてたのか」

江波が帰ってきたのだ。心臓は不穏な鼓動を立てていく。千映は身体を強張《こわば》らせたまま、スケッチブックを腕に抱きしめた。

あれほど愛《いと》しかったはずの元恋人の声は、もうなんの感動も生まなかった。それればかりか、冷めたコーヒーをむりやり喉の奥に流し込んだみたいに、ひどく苦々しく感じられた。

「……戻ったわけじゃない。すぐに、出て行きますよ。ここに私物を置きっぱなしのままじゃ気分が悪いから。合い鍵は返却しておきます」

千映はポケットから鍵を取り出し、テーブルの上に置きながら、自分のものとは思えない低い声で、淡々と言い捨てた。すると、乱暴な足音がすぐそばに近づいてきた。

「おい、まさかと思うが、おまえ……今までのデザインを取り戻しにきたのか？　今回のことよそにバラす気なんじゃねえだろうな」

肩を掴まれ、驚いて振り返ると、忌々《いまいま》しげにこちらを見ている男がいた。

「そんなこと……今さらしないっ」

ひ弱な千映は、力では江波には敵《かな》わない。声を荒らげ、素早く身を引こうとした。だが、そのまま引きずられ、壁に身体を押し付けられる。

「っ……！」

江波は両腕を壁について、千映を逃げられないようにした。

「裏切りは許さねーぞ。それは全部……俺のものだ。おまえは指示されただけに過ぎない。アシスタントだったんだから。そうだろう？」

「違う！　よく言えるよ。これは俺のデザインだ。どっちが裏切ったと思ってるんだ」

「千映、余計なことをするなよ。もしもしたら、おまえの恥ずかしい写真をバラまいてやるからな」

江波の一言に千映はカッとする。彼はスマートフォンの画面を開き、千映に見せつけた。

そこには淫らな格好をした千映が映っていた。

慌ててスマートフォンを奪おうとしたが、さっと頭上高くに上げられる。

「可愛い顔してド淫乱だもんな。もっとして、もっとしてってねだってよ……ああ、そういや映像も録画してあるんだぜ？」

いつの間に撮影されていたのか、記憶は定かにない。酔ったときだったのか、盗撮していたのか。

恋人として過ごした彼との甘い日々が、まるでなかったもののように、泥で塗りつけられていくのを感じた。

「やめっろっ……もうそれ以上やめてくれ」

千映は渾身《こんしん》の力を振り絞り、迫ってきた江波を突き飛ばした。

「てめえ」

殴られてもいい。涙は流したくなかった。怒りも悲しみもすべてを忘れたかったのに。もう終わりにしようと思って最後にここへ来たのに。

「江波さん、あんたには……心底ガッカリだ。デザインはくれてやるよ。俺はバラすためにデザインを取りにきたんじゃない。自分の作品の中に、少しでもあんたの手が加わってるのが気持ち悪いんだ。もう二度と俺に関わらないでくれ」

どこから声が出ているのかもわからないぐらい低い声が出た。

「千映、考えてもみろよ。おまえさえ歩み寄れば、いい話だったんだよ。そうしたら、今までのように一緒にいられたんだぞ」

千映は首を横に振った。

「千映……なあ、今からでもそうしないか？　未練の目してたじゃんか。俺のことが好きなんだろ？また可愛がってやるから来いよ」

江波は薄ら笑いを浮かべ、千映に近づいてくる。千映は後ずさりし、逃れられる隙を探す。

「やめろ……いやだ。冗談じゃない。もう俺とあんたは終わったんだ！」

千映はついに江波から逃れ、玄関のドアを開いて廊下に飛び出した。

恐怖と混乱と悲哀と、いろんな感情が泥のようにまとわりつく。あんな男は知らない。

一刻も早くここから離れたくて、エレベーターのドアの開閉ボタンを乱暴に叩《たた》き、そして滑り込んだ。

一階のボタンを押したあと、江波が追いかけてこないのを確認した千映は、こらえきれなくなり、壁にずるずると身を落とし、嗚咽《おえつ》を漏《も》らした。

江波との時間は、本当に幻想だった。中身は何もなく空っぽだったのだ。

二度も失望を味わわされるぐらいなら、くれてやったデザイン画などに未練を残さず、ここに来なければよかった。

意地で持ち出したスケッチブックやデザインファイルを抱きしめ、ぎゅっと固く目を瞑る。

いったい自分は今まで何をしていたのだろうか。これからどうしていけばいいのだろうか。こんな気持ちのままでは、以前のようにデザインを描く気になどなれない。

「……っ」

ようやく立ち上がってマンションから離れ、千映はあてもなく歩きはじめる。途中で、通行人に変な目で見られるが、構ってなどいられなかった。

不意に、夜明け前の色に似た、柊木の慈しむような瞳を思いだした。

あの人の温もりが恋しい。ぽっかりと空いてしまった空洞を埋めるような温かさが欲しい。逞しい腕で抱きしめてほしい。いっそ一夜限りでもいいから。

会いたい、という感情が、たちまち膨れ上がってくる。そんなこと思っても仕方ないのに。

とっさにスマートフォンに手が伸びた。一樹に連絡を入れれば、コンシェルジュとしてまた柊木に会える。禁断症状のように通話ボタンに指が伸びる。

(……でも、だめだ。それじゃあ、なし崩しだ。柊木さんにだって失礼だ……)

オンのボタンを押す寸前でどうにか思いとどまり、千映はため息をついた。

マンションから離れたあと、千映は不動産屋を訪れ、すぐにでも入居できるような物件を紹介してもらった。

それから公園をぶらぶらしたり、図書館に入ってみたり、しばらく近所を放浪した。

いつまでもこんなことをしている場合じゃないとわかっている。エナミアトリエから離れた千映はフリーデザイナーだ。どこかに所属するために就職活動をするか、個人で仕事を取るかしなければ、じきに僅かしかない貯金を食いつぶし、生活もままならなくなるだろう。

だが、正直今の心境では、いいデザインを生み出せる自信がない。

どこにいても、江波に穢されたデザインのことが思い浮かんでしまう。

(どうする……)

どうすればいい…?

焦りと不安ばかりが胸に広がっていくのを感じる。乾いた胸の痛みは、どうしたら癒えるのだろう。

とにかく、元同僚の森山に借りた一万円だけは、早いうちに返して礼をしておきたい。金の切れ目が縁の切れ目ともいう。甘えてばかりいてはだめなのだ。

歩き疲れた千映は公園のベンチに腰を下ろした。しばしぼーっと池を眺めていたところ、ポケットにねじ込んでいたスマートフォンが振動した。

発信の主は……一樹だった。

柊木に会いたいという欲求が再び激しくこみ上げてきそうになり、慌てて打ち消した。

だめだ。今度こそ無視しよう。一樹に耳を貸す必要はない。

誘惑と欲求と、葛藤に苛《さいな》まれながら、千映は画面を見つめ、どうか諦めてくれと祈った。そのうち着信バイブは収まったが、直後にメールの新着通知が表示された。

画面を開いてみると、そこには思いがけないメッセージが入っていた。


——その七時間後。

陽が暮れた時間帯に、千映は再びコンシェルジュのスーツに身を包んでいた。

『直接ホテルに行っていいって。スーツは自前でよろしく♪』

実は、一樹から送られたメールのメッセージには、柊木の携帯番号とホテル名、部屋番号が記されていたのだ。

柊木から指名があったことは事前に電話で聞かされていたが、そのとき千映は返事をしていないし、着信があったときまではずっと断るつもりでいた。

だいたいアモロッソでコンシェルジュになったのは一時的に宿と金が必要だったからなのだ。

柊木に会いたいからという理由でコンシェルジュをしていたのでは身の破滅ではないか。

きっと狡賢い一樹のことだから、千映の動向を察知した上で、仕組んだのだろう。直接行かなくてはならないとなれば、すっぽかすことなどできないという千映の性格をよく知っているようだ。

（なーんか、支配人の岡崎さんもグルっぽい）

眼鏡をかけた岡崎の怜悧《れいり》そうな瞳を思い浮かべ、千映はげんなりとした顔でため息をつく。

誘惑には打ち勝ったが、まんまと罠に引っかかってしまった。

結局、千映は指定された時間にウィスタリアホテルに向かっている……というわけだ。

でも、正直な話、葛藤するほど柊木に会いたかったのも本当のところで、罠にかかった以上、誘惑に負けようがどうでもよくなった。

柊木がどんな人なのか知りたいという好奇心がある。互いに人肌が恋しいと思うような理由をもっと分かち合いたい。そんな同志のような情が芽生えてしまっていた。それが何より千映を動かしている理由だった。

ホテルの部屋の前に到着すると、初日とはまた違った緊張で、身体が震えた。

心臓の音はさっきから早鐘を打ちっぱなしで、息をするのも苦しいくらいだ。

部屋のブザーを鳴らし、応答があるまでドキドキしながら待った。

それから程なくしてドアが開くと、心臓が止まりそうになるほど大きく脈を打った。

「あ、アモロッソから参りました。コンシェルジュの千映です」

「どうぞ、中に入って」

笑顔で出迎えてくれた柊木は、上着を脱ぎ、ネクタイをしておらず、シャツのボタンも第二ボタンまで外していた。寛いでいるところだったのだろうか。色っぽく肌蹴《はだけ》た胸板にうっかり視線を持っていかれそうになるが、極力見ないようにして丁寧に頭を下げた。

「で、では、お邪魔します」

おずおずと部屋に入ると、足を踏み入れるなり上品な香りが漂った。これは柊木のトワレだろうか。それとも備えつけのアロマディフューザーからの香りだろうか。

照明は薄暗いが、眠っていたわけではないらしく、テーブルの上には数えきれないほど多くの書類が広げられていた。

「実は、仕事を持ち帰ってきていてね、社員から預かった企画案を見ていたんだ。すまない。約束の時間をもうちょっとあとにすればよかったんだが……今片付けるよ」

そう言い、柊木は書類を一枚ずつかき集める。どうやら番号がそれぞれ振ってあり、順番にまとめる必要があるみたいだ。

「俺のことは大丈夫です。ゆっくりで構いませんよ」

企業秘密に関することに触れるわけにはいかないので、基本的に手伝うことができない。

しかしただじっと見て待っているのも悪いので、ウォーターピッチャーとグラスの用意をしつつ、待つことにする。

前回は失敗してばかりだったから、気をつけなくては。

（これでよし……と）

柊木の方を見ると、あと数枚の書類を集めれば終わるというところだった。

見るつもりはなかったのだが、ふと書類に描かれていた内容が目に入ってしまった。どうやら設計図やデザインラフのようである。

千映はそのうちの一枚を目で追い、「あ」と声を出した。

なぜなら、千映が手がけたデザインが紛れ込んでいたからだ。それも一枚ではない。二枚……つまり間違いなく、江波に盗られた案が転用されているということだ。

そう、デザインはそのままではなく、あちこちトレースされた痕があり、千映の作風のよさが消えてしまっていた。

（よくもあんなふうに……使えるもんだ）

千映は憤りのあまり、肩を震わせた。

マンションにいるときも惨状を目の当たりにしたが、こうしてクライアントの手に渡っていることを知ると、その卑怯《ひきょう》な手口がますます許せなくなる。

絶対に江波を好きにさせていてはだめだ。自分だけではない。今までのデザイナーたちの分も。

「千映くん、怖い顔をしているよ。どうしたんだい？」

柊木に尋ねられ、千映はハッとして書類から目を離した。だが、どうしても気になって仕方ない。

柊木の手に渡っているということは、彼も騙されたひとりになるかもしれないのだ。

「えっと、目を引くデザインだったので……勝手に見てしまってすみません」

あたりさわりのない言葉を選びながら、千映はどうしたらいいものかと苦しむ。

このまま言わないで見なかったことにするべきか。それとも告発するべきか。喉のあたりまで言葉が出かかっていた。

「あの、実は、確認したいことがあるんです。それは……エナミアトリエのデザイン……じゃないでしょうか？」

黙っていれば、それでいいだろう、というふうには、やはり思えなかった。

「いや、私が散らかしていたんだから、君に非はないよ。気にしないでくれ」

言葉にするのも憂鬱な名前だが、やはり聞かずにはいられない。

柊木は意表を突かれたような顔をしながらも、千映の言葉に頷いた。

「そのとおりだよ。よくわかったね」

「俺、実はデザインの仕事をしてるんです。なので、色々見る機会があって……」

「そうだったのか。ぜひ君のデザインも見てみたいものだね」

柊木は喜々として微笑むが、千映はとんでもないと首を横に振った。

「俺はまだまだ未熟ですから」

「これはね、古いホテルを建て直し、イメージを一新するにあたって内装やオブジェのデザインをコンペで集めたんだよ。でも、案を採用するかどうかは検討中だ」

「そう、なんですね」

事情を聞いてしまうと、やはり胸が痛い。そんな大事な案件にあのデザインが採用されるなんてありえない。

「何かあるのかい？　知り合いのデザイナーだったとか？」

思いがけず胸中を言い当てられてしまい、千映は焦った。

「い、いえ。そういうわけじゃ……」

案が採用されるとも限らないし、手元に証拠がない。見なかったことにして忘れよう。もう関わらない方がいい。

そう思う一方で、エナミアトリエが提出した作品は自分のデザインを盗用したものだと打ち明けてしまいたい衝動が湧き起こる。

素直に言うべきか。でも……勝手に裏で吹聴するのはよくないかもしれない。いや、待てよ。他人のデザインを盗用するようなデザイナーの案を採用するクライアントのことを慮《おもんぱか》ったら、知っているのに知らないふりをしている方が、ずっと罪なことじゃないのか。

千映は悩んだ末、思いきって口を開いた。

「柊木様、エナミアトリエのデザイナーは、あまり、おすすめできません」

「どうしてだい？」

散らかしていた書類をすべてまとめ終えた柊木が、ファイリングしながら問いかけてきた。

「それは……」

なんと説明すればいいのか、頭の中が混乱している。千映の脳裏には、エッジデザイン事務所にいた頃からエナミアトリエに移籍したあとの一年間のことが、走馬灯のように映し出されていた。

心臓がどくどくと早鐘を打っている。激しい葛藤の末、千映は口を開いた。

「正直に言います。俺、つい先日まで、エナミアトリエに所属していて、代表と二人で一緒に仕事をしていたんです。それで、お伝えしたいことがあるのですが、これは……代表が自分でデザインしたものじゃありません」

千映がきっぱりと言いきると、柊木は解せないというふうに眉《ひそ》を顰めた。

「どういう意味かな。まさか、彼が……誰かの案を盗用したとでも？」

「これは……案件を伏せられた上で、俺が手がけたデザインなんです」

静かな怒りが腹の中に滔々《とうとう》と灯《とも》されているのを感じる。

江波の裏切りは、浮気という色恋沙汰《ざた》など吹き飛ぶほど、千映のプライドを傷つけた。

それだけじゃない。多くの人の目を欺いていることになる。それも、千映の案を下敷きに使って、だ。

「無論、内部のデータがない限り、証拠は提出できませんし、代表は問い詰めても否定するでしょう。でも、俺は仕事に関することで嘘をついたことは一切ありません。デザイナーにとって作品は命です。命をかけてクライアントの信頼を得ることがデザイナーというものだと思っています」

そうだ。こんな使われ方があったものだろうか。あんな男のために泣いている場合じゃない。怒りを感じている場合でもない。自分にやれることがあるはずだ。

せめて、今わかった分だけでも、回収しておかなくては。

千映はもう一度はっきりと告げた。

「俺は、代表が盗用していたことに失望し、エナミアトリエを辞めたんです」

するとと柊木はデザインを片手に、なるほど、と頷いた。

「そうか。違和感があったのは、そのせいだったのか」

「違和感？」

「ああ。デザイン案は各々三点ずつ出してもらってるんだ。エナミアトリエから提出されたものは、三点中、一点がずいぶんと違う雰囲気だなと思ってね。気になっていたんだ」

柊木はそう言い、ファイルに挟んでいた残り一点のデザインを見せてくれた。それはたしかに江波の作風が如実に現れている作品だった。

今まで気づかなかったのは、きっと江波に最終チェックを頼んだ段階で、手を加えていたからなのだろう。あらためてこうして見ると失望を通り越し、呆れてしまうレベルだ。

「すいません。口を挟むべきか悩んだんですが、見て見ぬふりをするのもなんか違うなって思って、黙っていられなくなって……」

「謝ることはないよ。君は私のことを思ってくれたんだろう？　情報をくれてありがとう。助かったよ。だが、君の方は……大変だったね」

柊木の労《ねぎら》う声はあたたかく、千映の荒んだ心を柔らかく包んでくれるようだった。

「……いえ。尊敬する先輩だったから、妄信するあまりに、気付けなかった自分がよくなかったんです」

「自分を責めることはないよ。君の年齢を考えたら、この先の方がずっと長いんだから、今気付けてよかったんじゃないかな」

柊木に励まされ、千映は気持ちが楽になってゆくのを感じていた。やはり、彼に会えてよかった。もう一度こうして話ができてよかった。

「つい昨日までは打ちひしがれていましたが、これからは心機一転、がんばりたいと思ってます」

その言葉は表面を取り繕うためではなく本心から出たものだった。

自分でも驚くほどに、胸にすっと清涼な風が吹き抜けていく。

「きっと、正しい努力は報われるはずだよ」

柊木にやさしく微笑みかけられ、胸がとくんと波立つ。彼の端正な顔立ちはいっけん険しく見えがちだが、だからこそ笑顔になったときに、とんでもない威力を発揮するのだと思う。

できるのなら、彼のこういう表情がもっと見てみたい。そんなふうにまで思ってしまう。

つい見惚れてしまってから、視線が絡みあい、千映はハッと我に返った。

「あ、ありがとうございます。柊木様にそう言っていただけると、励みになります」

頬にかあっと熱がこみ上げてくるのを感じて、とっさに千映は俯いた。

「ひとつ提案があるんだが、いいかな？」

柊木の申し出に、千映は再び顔を上げた。

「はい。どうぞお聞かせください。お茶でも肩もみでもマッサージでもなんでも」

羞恥心を払うつもりで捲し立てる千映に、柊木は「そうじゃないんだ」と首を横に振った。

千映は首をかしげて、柊木から続きの言葉を待った。

「君は現在フリーデザイナーだね？」

「……そうですね。辞めてしまいましたから」

「だったら、君の個人名義でコンペに参加してみないか」

「え、でも……それは……」

思いがけない提案に、千映は言葉を詰まらせた。それからどう答えていいものやらわからずに無言を貫いていると、柊木はデザインを一枚ずつ捲《めく》りながら話を続けた。

「ああ、勘違いはしないでほしい。私は君を贔屓すると言ってるのではないよ。私はウィスタリアホテルグループの日本法人社長として、最終的にデザイン案を採用する立場にあるが、それ以前の選考過程については、コンペを担当している部署の役員が数名関わり、精査の上で決めることになっている。もしもそこで君のデザインが選ばれれば、彼を見返すチャンスになる」

なるほど、同じ舞台で戦うということか。考えもしなかった。

「でも、俺は……復讐をするつもりはないんです。禍根を残したくないから」

「もちろん、さっきの君の気持ちを聞いて、そうだろうと感じた。それならなおさら、ひとりのデザイナーとして、実力で堂々と戦うべきじゃないか」

柊木の澄んだ薄青色の瞳が、まっすぐに千映を捉える。彼の言うことはもっともだと思った。

盗用が発覚する前は、エッジデザイン事務所にいたときからずっと江波の下について先輩として尊敬していた。彼に指示されたり、手伝ったりすることはあっても、競いあうことはなかった。すべて共同作業だったのだ。今思えば、それが彼にいいように扱われていた原因のひとつだろう。

「私はできれば、君の泣き顔は見たくないと思う。昨日、どうしようもなく胸が痛くなったのは、こういった事情が裏にあったからなのだね」

「……あ、あのことは忘れてください」

泣き顔も十分恥ずかしいが、そのあとのキスのことを思いだしてしまうと、今もなおいたたまれない。

「それならいっそ清々《すがすが》しく忘れられるようにしよう。よく考えてほしいんだ。卑怯なことをするやつはね、残念なことにどこまでも卑怯者なんだよ。良心などといったものが通用しない人間もいる。このまま放置していれば、今後、君がデザイナーとして活動する場を邪魔されるかもしれない。悪い芽は早めに摘んでおかなくては、足をすくわれることになるよ」

柊木の険しい表情を見て、千映も顔色を変えた。

「ありえない話ではない……ですね」

マンションに行ったとき、人が変わったように脅しかけてきた江波のことを思いだすとぞっとする。彼はもはや悪魔か鬼のようだった。

「自分の大切なものを守れるのは、最終的には自分だ。後悔だけはしないようにね」

柊木はそう言い、コンペ概要の資料を千映に手渡した。

内容はというと、高級タワーホテルのロビー、およびフロアの内装やオブジェなどのデザイン案を募るコンペだ。

千映は柊木が励ましてくれた言葉の数々を胸の内であたためながら、その資料をぎゅっと強く握った。

「期日はどのくらいありますか？」

「本来は一ヶ月以内に選考する予定だったんだが、君からの申し出があった盗用の件を内々で相談し、本来担当するはずだったデザイナーのデザイン案を提出したいと考えている旨を会議にかけようと思う。プロジェクトの着工自体は来年の春頃を予定しているから、内装関係はその半年後になるだろう。デザインの方向性については、遅くとも九月までには決定したいと考えているんだ」

「……ということは」

頭の中でカレンダーの日付を捲った。

「逆算すると、八月上旬までにデザイン案を決定しておかなくてはならないね」

「それじゃあ、これから着手するとなると、二ヶ月切ってますし……結構ギリギリですね」

まだ白紙状態の千映にとって、かなり厳しい日程になるだろう。今ある江波のデザインが、もともと千映が伏せられて手がけたものだったとしても、下地をそのまま使うというわけにもいかない。何より穢されたものに執着するのはもうやめた方がいいだろう。

「気持ちの切り替えは早い方がいいよ。もう少し時間は待てるから、次に会うときまでに考えておいてほしい」

次……という言葉に反応して、千映は思わず柊木を見上げた。

この人のそばにまたいられると歓喜に湧いてしまった自分の細胞が恨めしい。

「なんか、この間から……俺の方が柊木さんに色々気にかけてもらっている気がします。何か柊木さんにご希望はありませんか？」

「そうだな……」と柊木は一呼吸置いてから、千映をじっと見つめた。

「私の今の希望はひとつだけだ。この次も、君のことを指名させてもらいたい。できれば……その先も……だめかな？」

熱っぽく揺れる瞳を見て、鼓動が知らずに速まる。なんだかまるで告白でもされているような妙な気分だ。

「俺は……」

「迷惑ならば言ってほしい。強制する気はないよ」

「迷惑だなんて、そんなことはっ……むしろ、本音を言うと、今日会いたいと思いました。だから、柊木さんに会えて……ほんとうに嬉しかったんです」

「……千映くん」

柊木が目を細めるようにこちらを見る。

本音を告げた途端、身体が熱くなるのを感じた。

「じゃあ、ぜひ、次も指名させてもらうよ」

柊木がそう言ってやさしく微笑むので、千映は焦った。

この次……というけれど、コンシェルジュは本来なら一度だけ引き受け、終わるはずだった。今日ここへ来ることになったのは、柊木が指名してくれたからだ。

柊木には話を聞いてもらった上に仕事の話まで親身になってもらった。

恩を感じているし、希望を叶えたいという気持ちも嘘じゃない。彼のそばにいると緊張もするけれど、とても安らいだ気持ちになれる。会いたいと思ったのもほんとうだ。

だが、この先もずっとコンシェルジュを続ける気はない。それなら断るべきだろうけれど、彼を傷つけるような言い方はしたくない。

心の中で激しい葛藤が続く。

もし引き受ければ、柊木はまた次も指名してくれる気だろう。そうして引き延ばせば、岡崎や一樹はこれ幸いと千映を逃してくれなくなるだろう。

いったいどうしたらいいだろうか。

（……ここはもう、洗いざらい話すべきだよな）

エナミアトリエのことを暴露してしまったのだ。もうすべて事情を話してしまった方がいいだろう。

「あの、その前に、実は……お伝えしたいことがあるんです。アモロッソのコンシェルジュになったきっかけなんですが……」

意を決して千映は江波との関係についてすべて話すことにした。

それで住むところがなく、ここにこうして駆り出されている状況であるということを。

柊木はただ黙って話を聞いてくれていた。すべてを話し終えたあと、彼は「そうか……」とやりきれなさそうに、ため息をついた。

「ずいぶんと酷《ひど》い目にあったんだね。それで、コンシェルジュに……」

失望させてしまっただろうか、と千映は焦った。せめて、彼にはがっかりされたくなかった。嫌われてしまいたくなかった。泣きたい気持ちで謝罪した。

「すみません。お客様である柊木様に夢を壊すような話をしてしまいました。どうしても嘘だけはつきたくなくて……でも、こんなの言い訳ですし、俺の至らなかった点を……心からお詫びします」

千映は深々と頭を下げた。

それ以上になんと言ったらいいか言葉が見つからなかった。

しばらくの沈黙のあと、柊木が口を開いた。

「それなら、もうひとつ君に提案しよう。住むところがないなら、うちに来てはどうだろう？」

「え……？」

思いがけない提案に、千映は弾かれたように顔を上げた。

もちろん柊木は冗談を言うような表情をしていない。

「私は海外勤務が多かったから、ほとんどホテル暮らしをしているんだが、それでも一応は契約しているマンションがあるんだ。部屋がいくつも余っているし、君はそこでデザインの仕事をするといい。いい条件だと思わないか？」

「でも、ちょ、待ってください。話が飛びすぎて……まさか柊木様に、俺がそこまでしていただくわけにはいきません」

あわあわと落ち着かない千映の手を、柊木はぐっと自分の方に引き寄せた。いつになく強引な仕草にドキリとする。

薄青色の澄んだ瞳からは無言の圧力を感じて、千映は押し黙った。

「私がそうしたいと思ったんだよ。千映くん」

「でも……」

「抵抗があるのなら、君が遠慮しなくても済むように対価をもらおうか」

「た、対価……ですか？」

まさか身体で払えというのでは、と驚いて身構えたのだが、

「君は自炊する？　掃除や洗濯はどう？　得意かな？」

と尋ねられ、拍子抜けする。

「は、はい。それは一応、しますけど……」

「じゃあ決まりだ。私は普段料理をしないから、代わりにしてくれるとありがたい。何よりもともと話し相手が欲しくてコンシェルジュサービスを利用しはじめたんだ。君が私と一緒にいてくれることを、最大の対価としたい。これならどうかな？」

握られた手にぐっと力がこもった。指を絡めとられ、離したくないといわんばかりに握られる。

柊木の申し出に驚き、戸惑いながらも、それ以上に嬉しいと感じているのもたしかだった。

必要としてくれる人がいる。自分はひとりではない。その事実が何よりも頼もしく、千映の心を奮い立たせる。

「ほんとうにご迷惑じゃないですか？」

「君が言ったんだよ。ご希望はありませんかって。これは私の望みだ」

柊木はそう言い、千映をまっすぐに見つめる。彼から期待の眼差しを注がれると、その期待に応え

たくなってしまう。

きっと、柊木もなんらかの寂寥感《せきりょうかん》を胸に秘めているのだろう。二十五歳の千映よりもずっと重たい責務があるだろうし、孤独に苛まれることがあるのかもしれない。

千映が柊木に癒やされたように、彼を癒やしてあげられたらいいと思う。

「でも……アモロッソにはなんて言えばいいんですか。柊木様が俺を引っ張っていったら、顧客を失うわけですよね」

柊木は迷いもせずに頷いた。

「もちろんアモロッソには誠意を伝えるつもりだよ。私が君と出会えたきっかけをくれたのだからね。千映くんが私のことを想ってくれるなら、どうか黙って頷いてほしい」

しばし言葉に迷った。けれど、情熱的な瞳に囚《とら》われるうちに、千映は無意識のうちに頷いていた。

だが、けっして柊木から命令されたから頷いたのではない。千映自身が心の底で淡い期待を抱き、密かに彼のそばにいることを望みはじめていたからだ。

もしかしたらこの感情は、奮い立とうとする裏側に隠された寂しさを、人の温もりで埋め合わせたいというものかもしれない。

けれど、誰でもよかったわけではないのだ。きっと相手が柊木でなければ、こんな気持ちにはならなかっただろう。

「ありがとう」

柊木は言って、握った手をさらに引き寄せ、千映の唇にキスをした。

一瞬のことに、千映は目を丸くする。

「ごめん。健気な君が可愛いと思ったら、止められなかった」

そんなふうに謝るくせに、柊木は再び、千映の唇に触れようとする。

「……っ」

頰骨のあたりから耳朶《じだ》まで一気に火がついたように熱くなる。千映は息を押し殺して、柊木を見つめた。

いやなら拒めばいい。ただそれだけのこと。柊木は千映の動向を探り、そして待ってくれている。千映は拒まず、身体を引くことをしなかった。すると、二度目の柔らかなくちづけが重ねられた。ただ軽く触れあっただけなのに、全身に熱が伝播《でんぱ》するみたいだ。背中に汗がじわりと滲《にじ》む。

幾度かやさしく啄《ついば》むだけで、深くは求めない。そのやさしいキスの繰り返しが、千映の鼓動をよりいっそう速める。

もどかしさのあまり、胸がきゅうっと捻《ひね》られるように痛んだ。やがて心臓が破裂してしまいそうなほど強く鼓動を打ち、媚薬《びやく》漬けにさせられてしまったかのように、全身に甘美な熱が広がっていった。

ああ、柊木とするキスはなぜこんなに気持ちいいのだろう。角度を変えながら丁寧にやさしく啄まれる唇へのキスにとてもドキドキする。けっして自分本位ではなく、労《いたわ》ってくれるからだろうか。愛情を感じることができる。それが千映には何よりの癒やしになっている。

もっとたくさん唇を重ねあいたい。何も考えずに二人で舌を絡ませて、たくさんキスしあっていたい。痛む場所がすべて消えてしまうほどに。

やがて甘い息遣いや互いの唇が奏でる音が静かな部屋に響きわたり、それは艶かしく、秘めた情欲を駆り立てた。

「……ん、……キス、もっと……したい……」

無意識にそんな声が漏れていた。

「いいよ。もっと……キスしよう。互いが満足するまで、いくらでも……」

柊木の低い声がますます官能を煽る。

いつしか、他のことは何も考えられなくなるぐらい夢中で柊木の熱を感じながら、甘い夢心地に目を瞑っていた。


翌日の昼頃、千映は再び泊まらせてもらったホテルのゲストルームを出ると、エッジデザイン事務所に顔を出した。以前に森山に借りた金を返すためだ。

「森山、この間はありがとうな。助かったよ」

「わざわざよかったのに」

休憩室で落ち合い、一万円札の入った封筒を渡すと、森山の方がなぜか恐縮したように両手を拝むようにして受け取った。

「ほんというと、あれは社交辞令でさ、返してもらわなくてもよかったんだぞ。貸したものは返ってこないと思えっていうのが、うちの家訓でね」

「いやいや、そこまでは甘えられないよ」

「案外、律儀なやつだよな～。それはそうとさ、この間、江波さんが来たんだよ」

森山が声を潜める。それを聞いた瞬間、千映の表情は一気に強張った。

「なんのために？　俺のことなんか言ってた？」

不安がじわじわと這《は》い上がってきて、心臓の音がいやなふうに速まっていくのを感じた。

「いや。新井のことは不自然なくらいスルーだった。陣中見舞いですとか言って菓子折持ってきて、所長に挨拶してたよ。でも、なんつーか、事務所の面々やらデスクの周りやら探ってる感じだったな」

神妙な顔つきで森山が言う。

「それって、やましいことがある証拠、だよな。やっぱり一回や二回じゃなかったのか」

千映はため息をこぼす。

今までのことを振り返るたびに、残念な気持ちになる。これ以上がっかりさせないでほしいのに、江波は逆を行くのだ。柊木の言ったとおり、江波に関しては、普通の感覚が通用しないに違いない。

「なあ、ちゃんとあの人と関係は切れたんだろ？」

森山は周りを気にして声を潜めながら言った。千映はもちろん即座に頷いた。

「もう二度と接触しないでくれって言ったよ」

「そっか。ならよかったよ。こっちでもさ、いざこざがないように対策しておこうと思うけど、おまえも十分気をつけろよ。ああいう自信家の人間こそ、案外小さいことをいつまでも根に持つタイプが多いからさ」

森山の忠告をありがたく胸に受けとめつつ、千映は表面上は軽く流した。

「それって森山の体験談も入ってない？　そういえば同棲してる彼女とは仲直りはしたのか？」

「ったく、話の腰を折るなよなー。ま、仲直りっていうか、うちはいつものことなんだよ」

照れたふうにそっけなく森山が言う。きっと森山のところはなんだかんだ安泰で、いつか近い将来二人は結婚するんだろうな、と微笑ましく思った。

「それはそれは羨ましいことで」と茶化すと、肘で身体を押されてしまった。

「俺も、もうあんなふうに悪酔いしたくないから、過去のことは忘れるよ」

「ああ。早いとこ忘れちまえよ。それと、住むところはどうなったんだよ。決まったのか？」

千映はぎくりとした。

「あ、えっと、それは……まあ、見つかったよ。すぐに入居できそうな物件を不動産屋に探してもらってさ」

けっして嘘ではないし、後ろめたいことはしていないつもりなのだが、正直に話せるような内容でもないだろうと思うと、それ以上の情報をさらすのは気が引けた。

森山は千映がゲイであることを知らない。きっと気のいい男だから、知ったあとでも友だちでいてくれるだろうとは思う。けれど、今の今あえて言う必要があるとも思えなかった。

「それなら安心して俺も寝られるわ」

森山はそう言い、安堵《あんど》のため息をつく。親身になってくれた森山に対し、なんだか少しだけ申し訳ない気持ちだった。

「とにもかくにも、色々話を聞いてくれてサンキュ」

「ああ。今度は楽しい話題を肴《さかな》にして語りあおうぜ」

千映は笑顔で「うん」と返事をし、それから森山に手を振った。

持つべきものはやはり友人だ。森山が何か困ったとき今度は自分が力になってやろうと思う。

すっきりとした清々しい気分でエッジデザイン事務所を離れ、次に千映が目指したのは、アモロッソだった。

これから支配人の岡崎に会いにいき、この先コンシェルジュをする気がないことと、柊木と話しあった内容を告げておくつもりだ。

アモロッソはここから徒歩十五分圏内にある。ぷらぷらと散歩代わりに歩くにはちょうどいい。

千映はアモロッソに向かう道すがら、タワーホテルを目にし、柊木から提案されたコンペのことを思い浮かべた。

既にコンペの概要が記された資料はもらっているが、イメージをより摑むためにも、グループホテルを訪れ、現在の外観や内装の雰囲気がどうなっているのか、下見した方がいいかもしれない。

とりあえず今日はアモロッソの件が済んだら、柊木が所有しているというマンションに帰ることになっている。住所を教えられてはいるが、建物は見ていない。

柊木は、王侯貴族などの賓客も利用する一流ホテル、ウィスタリアグループの日本法人社長という立場にあり、ＶＩＰ専用コンシェルジュサービスを利用していたくらいなのだ。さぞ立派なマンションに暮らしているに違いない。

それよりも何よりも、これからひとつ屋根の下で千映は彼と二人で暮らすのだ。そう考えると、鼓動が速まってきてしまう。

(そういえば、自炊はしないから、代わりに夕飯を作ってほしいって言ってたよな。どんなのがいいんだろう?)

マンションを所有しているものの、ニューヨークから日本に戻ってきてまだ日が浅いらしく、仕事の都合上ほとんどホテル暮らしをしていたというし、冷蔵庫の中身はあいにく期待できそうにない。

荷物をいったんマンションに運んだら、近くのスーパーで買い物をした方がいいだろう。

メニューはどんなものにしようか、とあれこれ考えていたところ、ちょうど視界の端に本屋を見つけた。

セレブと庶民とでは食の好みが違うだろう。柊木は普段どんなものを食べているのだろうか。

(うーん……俺も別に料理が上手ってわけじゃないんだよな)

できますと言ってしまったからにはどうにかしなければ。ひととおり和洋中の献立を考えておけば安心だろうか。

千映はさっそく本屋に足を運ぶと、適当に何冊か料理のレシピ本を選んだ。それから建築やデザインの資料本を何冊かチョイスした。

そしていざレジに並ぼうとしたとき、見覚えのある人物を発見した。

(あれ?　一樹だ……)

今日の一樹はスーツではなく、シャツと細身の紺色っぽいパンツを合わせた、ラフな格好をしていた。

彼は、なにやら司法試験攻略本なるものを小脇に抱えている。それを見て、千映は思わず眉を顰めた。

「え……一樹が司法試験？」

知らずに声に出してしまっていたらしい。驚いた一樹がハッとしたように振り返る。そして千映の顔を見て、目を丸くした。

「あっれー、千映くんじゃん」

軽い調子の声のトーンは、やっぱり一樹だ。人違いじゃなくてちょっとだけホッとした。

「それ、司法試験って？」

「ああ、これ」

一樹がそう言い、白い歯を覗かせたかとおもいきや、なぜか彼は千映の肩をがしっと抱き寄せてきた。

「ちょっ……なんだよ」

「ふふーん、よーく聞いておくれ。俺、一応これでも一流大学の法学部出てんのよ。弁護士を目指してます。よろしくね～」

「えっ、弁護士って本気で？」

思いっきり瞬《まばた》きをして真顔で尋ねると、一樹は拗《す》ねたような顔をして、睨んできた。

「期待に添えられなくて悪いけど、マジだよ」

「いや、悪い。なんか……ほんとう意外すぎてびっくりした。じゃあ、なんでコンシェルジュやってるんだよ」

「そりゃー千映くんだってわかるでしょ？　金のためじゃん。ヤバいことしないであれほど稼げるとこなんて他にないし。学生のうちならまだしも、社会人になってまでろくに受かりもしない司法試験にしがみついてる状況じゃ、いつまでも実家に転がってらんないしね。あ、コンシェルジュだけじゃないんだよ。知り合いの法律事務所でパラリーガル、って弁護士のアシスタントみたいな業務があるんだけど、その補佐のアルバイトしながら勉強してるんだよ」

「そっか。がんばってるんだな。本気で感動した」

あらためて千映は一樹をまじまじと眺めた。チャラチャラした高校時代や、再会してからの飛んだキャラとは全然違うから、ただただ感服してしまう。

それに調子づいたのか、一樹は唐突に口説きはじめた。

「なになにー俺のこと見直してくれた？　なんなら今夜、千映くんのために予定を空けておくよ」

「いやいや。遠慮します。見直すっていうか、逆にそういうところが無駄に損してるなぁと思うけどね」

千映が言うと、一樹はため息をついた。

「無駄って言うなよ～。明るく振る舞ってなきゃやってらんないの。一応司法試験の予備試験に合格してるんだけど、この調子でイケるだろうって思ってたら、司法試験本番の合格が思っていた以上に厳しくて、道のりが遠いのなんのって」

げんなりした顔で一樹はそう言い、指折り数えだした。

「去年受けた試験が三回目だよ。四回目は先月受けたばっかりなんだけど、九月の合格発表を待たなくても手ごたえなかったのわかるわ」

こころなしか、一樹の目の下にクマができているように見える。

「司法試験、大変なんだろうな。それにしても、一樹が弁護士かぁ……まったくイメージになかったから想像がつかないな」

オレオレ詐欺とか、ダブル契約を交わす悪徳弁護士みたいなイメージなら湧くのだが。落ち込んでいるみたいだから余計なことは言わないでおくことにする。

「じゃあ今から想像してよ。いずれは弁護士になるから、ね、今のうちに俺のこと、とりあえずキープしとかない？」

どんなときでも、一樹の明るいアピールはいつものとおりだ。

それならこちらもいつもどおりに、

「遠慮します」

と即座に拒絶した。

「冷たいなー千映くんは」

一樹は不満げに口を曲げつつ、千映の手元を覗き込んできた。

「千映くんはなんの本を買うの。って、デザイン……ああ、本業の仕事のかー。あとは料理のレシピ

「……女子力高っ」

くすくすと小さな笑い声がどこかしらから聞こえてくる。女子二名がこちらを見ながらひそひそと噂話《うわさ》をしているようだ。

一樹はいちいち声が大きいから、目立っていて恥ずかしい。女子力とか大声で言ってほしくないのだが、後の祭りだったようだ。

「実はこれからアモロッソに行く予定だったんだ。支配人に挨拶したかったから」

「それなら、一緒に行こうよ。俺、ちょうど夕方から仕事入るからさ」

一樹がいると余計なことにならないだろうか、と一瞬思ったが、かえって緊張しないでいいかもしれないと思い直した。

ふたりはそれから各々レジで支払いを済ませて、一緒にアモロッソに向かった。

アモロッソのサロンに顔を出すと、受付のデスクのところで、支配人の岡崎と数名のコンシェルジュたちが談笑していた。

岡崎はすぐに千映と一樹に気付き、いつものように紳士の微笑みを顔に張りつけたまま、優雅な足取りでこちらにやってくる。

「やあ、千映くん」

「お疲れ様です。支配人」

千映はそう言い、丁寧に頭を下げた。

「君たちは仲良く二人で出勤ですか」

岡崎は一樹の方を見やる。

「はい。ちょっとそこの本屋でばったり会って。弁護士を目指してることもバレちゃいました」

いつもの軽い調子で一樹が答えると、

「そうでしたか」と岡崎はにこやかに頷く。

「一樹が弁護士だなんて、意外だったでしょう。素は案外真面目なんですよ、彼も。しかしキャラは一貫してブレませんね」

千映がうんうんと頷くと、

「それ、褒めてないよね、ぜったい」

一樹が口を挟んできて、拗ねたような顔をする。岡崎はくすくすと笑った。どうやらからかいたかったただけのようだ。

「さて、本題ですが、柊木様から、特別報酬をいただきましたよ。一緒に暮らすことになったそうですね」

「は、はい」

もう既に耳に入っているのなら話は早い。だが、その前に特別報酬というのが気にかかった。

「あの、気になったんですが、特別報酬というのは具体的になんでしょうか」

「まあ、例えると高級遊女が身請けされるときと同じ感じでしょうか」

岡崎の説明を聞いて、千映は花魁《おいらん》を想像する。遊女のことは詳しいところまでは知らないが、たしか、気に入った花魁の身元引受人になるには、相応の金額を支払わないといけないシステムがあったはずだ。

「それって、つまり……」

「千映くんの場合は男娼、だけど。つまるところ、いいとこのセレブに買われたってことだね」

一樹が横から羨ましそうにひやかしてくる。だが、実情を知った千映はというと、素直に喜べなかった。

「千映くんが買われたというふうに捉えるのもひとつの見方ですが、実際は違いますよ」

「違う、というのは？」

「柊木様はＶＩＰ中のＶＩＰです。とくにここ一、二年アモロッソを大変贔屓にしてくださっていました。ですが、気に入ったコンシェルジュを連れていくということは、今後はうちを利用されない決意なのでしょう。そうなるとうちに損害が出る。そこで、コンシェルジュが欲しいというのなら、相応の対価が必要ですよ……ということです」

千映はそれを聞いて青ざめた。つまりは、さっき例えられた遊女の身請けのようなもので、結局のところ、柊木が対価を支払わなければならないというところは変わりないのだから。

「ち、ちなみに……対価というのは」

現実離れした状況に尻込みしつつ、おそるおそる問いかけると、岡崎は眼鏡の奥の目を弓のように細め、口角を緩めた。

その様子から、聞いてはいけないぐらい高価であるということが伝わってくる。

顔を引き攣《つ》らせている千映を尻目に、話に割り込みたくてうずうずしていた一樹がついに口を挟んできた。

「そりゃー高級車を何台も買えるぐらいの対価だよ。柊木様クラスなら、高級マンションを一軒ぐらいは余裕でしょう」

一樹のとどめの一言で、千映はますます顔から血の気が引いた。

やはり自分はとんでもない世界に足を踏み入れてしまったのだ。

柊木がそこまでして自分を連れていく価値があるとは到底思えない。今からでも遅くないから考え直したらどうかと言った方がいいのではないか。頭の中が混乱でぐちゃぐちゃしていて、パニックを起こしそうなほど悩んでしまう。

すると見かねた岡崎がため息をついた。

「怯えてる子羊を追いつめるのは好きじゃありませんね、一樹」

そう言い、岡崎は一樹をたしなめた。

「言い出したのは支配人じゃないですか」

一樹は言い訳をしつつ、知らんふりといった顔をする。

「それじゃあ俺、柊木さんに頭が上がりません……たった二日しか在籍していない俺が、誘いを受け入れていいんでしょうか」

「千映くん、そう不安になる必要はありませんよ。対価とは、我が社のサービスに満足していただけたら、投資をしていただくプランのことで、すべての顧客に出しています。それはけっして特定のお客様が不利になるようなブラック契約ではありません。クリアな経営をしておかないと、一樹のような未来の弁護士に頼らなければならなくなるので、それは私としても不安です」

深刻にならないようになのか、岡崎が一樹の例を持ち出すと、漏れなく一樹のブーイングがついてきた。

「それでもご心配のようでしたら、ご本人に直接話を聞くといいでしょう。きっと柊木様なら、千映くんの期待どおりに教えてくれますよ」

千映の焦りをなだめるように、岡崎は言った。しかし諭されてもなお、くらくら眩暈《めまい》がする。

「別世界すぎて……何がなんだか」

「たしかに戸惑うのも無理はありません。ですが、気後れはなさらなくて大丈夫ですよ。いいですね？」

「は、はい。と、とにかく、柊木様に贔屓にしていただいた分、これから一生懸命尽くそうと思っています」

「そうしてください。コンシェルジュの千映くんが見られなくなるのは残念ですが、いつでも遊びにきてくれて構いませんからね。一樹と一緒にお待ちしていますよ」

岡崎はにこやかに言い、「餞別《せんべつ》に」と、オーデコロンをくれた。

「これには、催淫作用があるとかないとか。うちで扱っている商品のひとつですよ」

耳元でふっといたずらっぽく囁かれ、千映はぎょっとする。

「えっ」

「冗談かどうかは、試してみてください」

くすくすと岡崎は笑う。どうやらからかわれたようだ。

「そういうの、やめてくださいよ」

千映は顔に熱いものを感じながら、しきり直すことにする。

「短い間でしたが、お世話になりました」

深々と頭を下げると、すかさず一樹が両手を差し出してきた。顔を上げれば、ぶんぶんと握った両手を揺さぶられる。

「一樹、痛いんだけど」

「だって、寂しくてさ。連絡先ちゃっかり交換してあるわけだし、また俺と遊んでよ、千映くん」

一樹はそう言い、鼻をすする。瞳が潤んでもいないし、涙も流れてはいないから、いつものオーバーリアクションだろう。

一度、弁護士を目指しているという彼の本気の表情を見てみたいものだと思ってしまう。

だが、こんな一樹でも、あの日バーを出たあとに再会しなければ、アモロッソのコンシェルジュの仕事をすることも、柊木との出会いもなかったのだ。

そう思うと、げんきんかもしれないが、急に彼が天使のように見えてきた。

「一樹……最初は正直うるさいし俺を振り回すし疎ましかったけど、色々助けられたよ。司法試験の勉強、がんばって。応援してるからさ」

「千映くん～ありがとう」

最後の抱擁といわんばかりに、ぎゅうっと力の限り抱きしめられて、息ができなくなりそうだった。

「なんかあったら、俺が力になってあげるからね」

今度こそ、一樹は瞳を潤ませた。

「わ、わかった。くるし……からっ」

千映は目を白黒させながら、一樹の胸を押し返す。隙あらば頬ずりをしてくるところが気色悪い。

「社交辞令でなく、袖振り合うも多生の縁といいます。私たちでよければ、いつでも頼ってくださいね」

岡崎がくすくすと笑いながら、にこやかに頬に笑みを刻ませた。

「ありがとうございます。お世話になりました」

千映もまた笑顔で挨拶をし、今度こそその場を離れた。

二人に見送られ、両手におさまるぐらいの荷物を抱きしめて一歩を踏み出す。

不思議だ。たった数日でいろんなことがあった。生きていることに絶望しそうだったこともあったのに、今はとてもおだやかな気持ちで、まるで凪《な》いだ海の上にいるかのよう。

しばらく塞いでいた日々が嘘のように、ほんのり光が射し込んできたような清々しさがある。

不意に抱えていた腕からオーデコロンが落ちそうになり、千映は反射的にキャッチした。

刹那、ふわりと甘い香りが漂い、岡崎が言っていたことが脳裏をよぎった。

『催淫作用があるとかないとか』

なぜか同時に、柊木とキスしたことがまた脳裏に蘇ってきて、顔にぼうっと火がつく。

これからキス以上のこともありえるだろうか、などと考えてから頭を振った。

（……いやいや、とにかく今日のところはナシだから……）

かなり挙動不審だったと思う。じろじろと刺すような人の視線を感じて、千映は足を速める。

まずは今夜おいしい夕食をごちそうできるようにがんばらなくては。

そう意気込みながら、柊木のマンションへと急ぐのだった。

＊＊＊

昼を迎える頃、柊木は吉永と一緒に会社近くの洋食屋に食事に来ていた。

「てっきりバーで飲み明かそうと思ったのに、ランチかぁ」

窓際に並んだ席で、隣に座っている吉永が残念そうにぼやいた。

そしてランチメニューの料理が運ばれてきて、ビーフストロガノフの芳《こう》ばしい香りが漂ってくると、
今度はワインが飲みたかった等《など》と愚痴を言う。いちいち賑《にぎ》やかな男だ。

「酒は程ほどにとおっしゃったのは、どちらの先生だったか」

柊木は適当にあしらいつつ、喉の渇きをゆっくり癒やすように、レモネードにくちづけた。

すかさず吉永が顔を覗き込んでくる。

「で、どんな子？」

好奇心たっぷりといった表情を浮かべる男の態度たるや憎らしい。

「白々しいな。もうとっくにわかっているんじゃないのか。うちの秘書と頻繁に連絡を取りあっているのは知っている。おまえたちは二人で結託し、アモロッソの支配人に千映くんのようなコンシェルジュが欲しいと、話を取りつけていたのだろう？」

柊木は吉永を怪訝《けげん》な目で見ながら、そっけなく答えた。

だが、吉永は顔の前で横に手を振った。

「篤仁くんには柊木のことで色々アドバイスをしたり、逆にこっちがカウンセリングに必要な情報をもらったりしているけど、コンシェルジュの件は、どんな状況なのかはまったくノータッチだよ。社長のプライバシーがなんたらと言ってさ、教えてもらえなかったし。ウィスタリアホテルグループの日本法人社長殿も、そこは自分の秘書さんを信じたらどうですか」

意趣返しか、わざとらしい吉永の言い草に呆れて、柊木はやれやれとため息をつく。

それでも、繊細そうな青年のいじらしい表情を思い浮かべると、おのずと口元が緩んでしまう。

これから千映と一緒に暮らすことになるのだ。どうなるか想像がつかないが、年甲斐もなく浮き浮きしているのはたしかだ。

こんな気持ちになったのは、いったい何年ぶりだろうか。

「ずいぶんとご執心のご様子ですねえ。感謝されても文句を言われる筋合いはないといったところかな」

吉永の揶揄《やゆ》めいた視線を感じ取り、柊木はハッとして、わざとらしく咳《せき》ばらいをして表情を取り繕った。たしかにそう言われると何も言い返せなくてばつが悪い。

「さて、カウンセラーとして聞いておきましょうか。十段階のうち、今はどのくらいですか?」

「……六・五だな」

「ほほ〜うんうん、いい兆候ですね。では、おいしくいただきましょうか」

吉永は満足げに目元を細め、スプーンでビーフストロガノフをすくい上げた。

しばし食事を堪能していたところ、柊木は窓の外に見えた人物に目を奪われた。

その人物とは、今しがた噂をしていた千映だった。

彼もこちらに気付いたらしい。やんわりと微笑んでみせて、頭を下げて去っていこうとする。

柊木はとっさに引き止めたい衝動のままに、彼を手招きしてしまった。

すると千映は自分のことを指さし、隣に座っていた吉永の方を気にしつつ、店の入り口へと方向転換した。

その後すぐにドアベルが爽やかな音を立て、千映が店の中に入ってきた。

手を上げて居場所を知らせると、千映はこちらへやってきた。

「こんにちは。まさかばったり見かけるなんて思いませんでした。ここでお昼を食べてたんですね」

千映は遠慮がちに挨拶をし、吉永の方を気にした。

「古くからの友人で、うちで顧問契約してるカウンセラーの吉永先生だよ」

「どうも」

吉永が笑顔を向けると、千映は慌てて頭を下げた。

「初めまして。デザイナーの新井です。柊木さんには、いつもお世話になってます」

「そっかーお世話になってます、か。いいねえ、奥ゆかしいねえ」

吉永がにやけた顔をする。千映は圧倒されたように戸惑っている。

柊木は思わず吉永を一瞥し、視線で牽制した。

放置していたら、吉永のことだ。今にも余計なことを言いだしかねない。

吉永はそんな柊木の心中を察したらしく、肩を竦めてみせた。

気を取り直して、柊木は千映を誘ってみることにする。

「千映くん、君も一緒に食事をしていくかい？　私たちもさっき来たばかりなんだよ。あとで秘書の中谷を呼んで、君をタクシーで送らせよう」

「いいえ、お気持ちは嬉しいんですが、実はこれから色々と買い出しをしなくちゃならないので。ゆっくりしていってください」

「僕に気を遣わなくていいんだよ。お邪魔なら席を移動するから」

吉永がどうぞ、と促すが、千映は首を横に振った。

「いいえ、お邪魔なんてとんでもない。それは俺の方じゃないですか。残念ですけど、本当に用事があるんです。せっかく誘ってくださったのに、すみません」

千映はそう言うと、ほんのり頬を紅潮させながら、おずおずと付け加えた。

「あの、その代わり、夕食の時間を楽しみにしています。柊木さんも楽しみにしていてくださいね。腕によりをかけてがんばりますから。それじゃあ、俺はこれで失礼します」

千映は愛らしい笑顔を見せたあと、ぺこりと頭を下げ、その場を立ち去った。

少々残念な気持ちで、窓辺から千映が出ていくのを見送っていると、吉永がぽつりと言った。

「しかし、情報はもらってたけど、思った以上に……似てるね、あの子の雰囲気に」

あの子……の存在を、柊木は即座に否定した。

「勘違いしないでくれないか。そっくりな人間などいない。彼とあの子とは違うよ」

「すまない。しかし、健気に一緒に夕食か──……いいねえ。それで僕とはランチなわけか」

いい大人だというのに、吉永が拗ねたように言う。

柊木は「また今度付き合ってもらうよ」と一応フォローする。

不意に、それまで蓋をしていた過去のことがフラッシュバックしそうになり、柊木はレモネードの残りを喉の奥に流し込んだ。

けっして重ねているつもりはない。千映があいう子だからこそ惹かれた。あの子と似ていることなどない。彼はあの子とは違うのだ。

自分の心に誤解をすり込ませないために、何度もそう言い聞かせながら──。

仕事を終えてまっすぐに帰宅し、リビングに顔を出すと、濃紺色のエプロンを身につけた千映が、キッチンに立って忙《せわ》しなく料理をしていた。

換気扇が回っていることとフライパンの調理の音で、柊木が帰ってきたことに気付いていないらしい。

柊木がシンクのあたりまで行くとようやくこちらの存在に気付いて、千映がハッとしたように顔を上げた。

「あ、お帰りなさい」

「ただいま」

柊木を見るやいなや、ぱっと花が開いたように笑顔を見せた千映が、吉永の指摘した過去の記憶とだぶりそうになり、思わず目を伏せた。

吉永が妙なことを言ったせいだ。あの子と千映は違う。重ねたことなど一度もない。

柊木はそれ以上考えないようにし、千映のすぐ隣に立った。

「何を作ってくれていたんだい？」

ふと彼の顔を見ると、頰の一部が艶々と濡れている。なんだろうと思い、彼の顔を覗き込んだ。

「え、あ、あのっ」

「頰に食用油かな？」

「あ、なんだ……」

千映は顎を引くようにして頰を赤くする。どうやらキスされると勘違いしたらしかった。

「何？」

柊木はあえて知らないふりをした。

「いえ、なんでもないです」

千映の頬はまだ赤い。

もしも彼がいやではなく、そう望んでくれているなら、このままでもよかったのだが。

狼狽《うろた》えている彼もまた可愛かったのでその表情を見ていたい気持ちの方がより勝った。

「私のために、たくさんがんばってくれていたんだね。ありがとう」

心を込めて伝えると、千映の頬がますます赤くなった。いちいち反応が可愛い子だ。

「味付けが好みに合うかどうか心配ですけど、俺にしてはたぶんうまくいった方だと思います。今夜は和食にしてみました」

「和食か。いいね。さっそくいただこう」

二人でダイニングテーブルに座り、食卓を囲む。きっと張り切って作ってくれたのだろう。五品目以上がずらりと並んでいる。

アジの塩焼き、小松菜とネギの味噌汁《みそしる》、筑前煮、だし巻き卵、あさりのしょうがとにんにくの酒蒸し、アスパラとにんじんの豚巻、グレープフルーツを添えたヨーグルト、そのどれもが完璧ではないにしろ、家庭的な温もりを感じさせるものだった。

こんなふうに誰かと一緒に家で食事をするのは何年ぶりだろうか。

柊木は過去に思いを馳《は》せながら、味の染み込んだ煮物に箸《はし》をつけた。

舌からじんわりと頬に広がるあまじょっぱい香りとあたたかい味が、ホッとさせてくれる。期待以上のおいしさで、自然と表情がほぐれていくのを感じる。

目の前にいる千映はというと、こちらの様子が気になるらしい。ちらちらと様子を窺《うかが》っている。

「どう……ですか？」

「うん、おいしいよ。味付けも丁度いい。私の好みの味だ」

「よかったーそれだけが気になってたんです。安心したら急に食欲が出たかも」

そう言い、千映はアジの塩焼きに箸をつける。ほぐした魚の身と一緒にしょうゆを染み込ませた大根おろしを乗せ、おいしそうに口に運んだ。

「炊きたてのご飯はやっぱいいですよね」

「ああ。食が進むよ」

お世辞でもなんでもなく、ほんとうに柊木はそう感じていた。小松菜とネギの味噌汁にくちをつけながら、ふんわりと漂う湯気を吸い込むと、疲労した心身が癒やされる想いだった。

しばらくあたたかい料理に舌鼓を打ち、満腹を感じつつあった頃――。

「そういえば、今日の午後、柊木さんと一緒にいた人……吉永先生？　かっこよかったですね」

千映がそう言い、ひとつ残っただし巻き卵をほおばった。彼が他の男に関心を持つのは初めてだったように思う。

なんとなく面白くない気がしないでもなかったので、柊木はわざと問い返した。

「彼はとてもモテるよ。君のタイプだった？」

「いやいや、俺、そんなつもりじゃ！」

椅子《いす》から腰を浮かしかねないぐらい、千映は動揺している。指摘されたくないのは別のことかもしれない。そんな期待に胸をくすぐられながら、柊木はずばりと言った。

「じゃなければ、妬《や》いてくれたのかな」

「ごほっ……ちがっ……」

千映は涙目になりながら必死に違うと首を振るが、むせてしまっては言葉にならない。

柊木は笑って、とどめの一言を告げた。

「図星だと思っておくよ」

そう言った途端、千映は耳まで赤くなった顔を茶碗《ちゃわん》で隠した。

柊木は思わずふっと口元をほころばせた。

ああ可愛い。ほんとうに彼は可愛らしい。一秒たりとも目が離せないし、ずっと見つめていたい。

熱くたぎる想いを感じながら、柊木は自分自身に戸惑う。

私はこんなにも彼に入れ込んでしまって、いいものなのだろうか。

抑えきれない想いを持て余した柊木は、軽く席を立ち上がり、茶碗を置いた千映の手を引っ張る。

そして彼が驚いた拍子に頬にキスをした。

「ごちそうさま」

軽くちゅっと音を立てて触れると、みるみるうちにまた赤くなる。そういう彼を見るのもまた至福のひとときだった。

＊＊＊

夕食の片付けと風呂を済ませたあと、一杯付き合わないかと柊木に誘われ、千映は彼と一緒にワインを開けた。

酒は好きな方だけど、そう強くはないから、二口飲んだだけでもう、ふらふらと舞い上がるような気分になった。

おいしそうに夕飯を食べてくれた柊木のことを思いだすたびに、勝手に顔がにやけてしまいそうになる。

正直それまでは料理が好きな人の気持ちがあまり理解できなかった。

写真を撮ってブログに掲載するのが自己満足のコレクションのようなものだとしたら、自炊は生きて栄養を取るためのルーティンワークだと思っていた。

でもそうじゃない。誰かにこうしておいしいと言ってもらえたら嬉しくて、また作りたいと思うものなのだ。

千映は柊木の横に寄り添い、ワイングラスを揺らしながら、彼の横顔を見つめた。

こうして二人で暮らしはじめたことが未だに信じがたく、夢でも見ているように思う。

視線をリビングのパノラマ状の窓へ移すと、都会の夜景が一望でき、千映は思わず感嘆のため息を漏らした。

「夜景がすごく綺麗ですね」

ホテルの部屋から見えた夜景もとても素敵だったが、よりいっそう目の前に迫ってくるような圧倒的な眺望だ。

「こうして景色を眺めながらぼんやり過ごすと、些末《さまつ》なことなど忘れて、また明日もがんばってみようかという気になるよ。不思議とね」

柊木は遠いところを見るように目を細めながら、ワインを飲み干す。

彼の言うことが千映にもわかる気がした。星の数ほどある夜景の煌《きら》めきを前にすると自分の悩みなど大したことのない、ちっぽけなもののように思えてくるのだ。

千映は柊木と出会った夜のことを振り返りながら、訥々《とつとつ》と本音を語り出した。

「俺、なんか今日、色々考えてました。最初はコンシェルジュをやってくれって頼まれて、なんかわからないままやることになったけど……柊木さんと出会えたことを考えたら感謝しなくちゃいけないなって。もしも柊木さんの提案がなければ、盗られたデザインのこともやっぱり後々気になってもやもやしていたと思う。そしたらきっと俺はこの先いいデザインなんて手掛けられなかったと思うんです」

自分のデザインを守るのは自分しかいないんだ、と叱咤《しった》されたとき、目が覚めるような想いだった。柊木はいつもさりげなく千映に大事なことを気づかせてくれる。彼の存在がなかったら、今頃自分はどんな暮らしをしていただろうか。

あのまま自暴自棄でいたかもしれないし、自己嫌悪とスランプに陥っていたかもしれない。最悪、デザイナーをやめていたかもしれない、とまで考えた。それほど、千映にとって柊木は大きな心の支柱なのだ。

「千映くん、君は……私のことをかいかぶりすぎだよ。君の選択した答えが間違えていなかっただけさ」

しばしの沈黙のあと、柊木はそう自嘲気味に言った。彼の横顔を覗き見ると、千映が言ったことを本気に取っていないように思う。

「でも、ここまで導いてくれる人がいなければ、今の俺はなかったですから。柊木さんと出会えて、そばにいてくれてよかったって思ってます」

千映がきっぱりと言い切ると、柊木は驚いたようにこちらを見た。

無言のまま、視線だけが絡みあい、千映はどきりとする。

まずい。あまりにもむきになりすぎただろうか。ちょっとほろ酔い気分だからといって、調子に乗りすぎたかもしれない。

「あの、もちろん、元同僚とか、アモロッソの支配人や一樹とか、支えてくれた人はたくさんいたけど、柊木さんは……特別で」

捲し立てるように言い訳してから、千映は自分で墓穴を掘ったことに気付き、それ以上取り繕うことができなくなり、固まってしまう。

すると、柊木はぷっと噴き出すように破顔した。

「わ、笑わないでください。せっかく本心を言ってるんですから」

「いや。わかってるよ。なんていうのかな。健気な愛犬がいるとしたら、こんな感じかなって……思ったんだ」

柊木はそう言い、千映を甘やかすような瞳で見つめてくる。

それは、可愛い子なら目に入れても痛くないとでも言いたげな、やさしい眼差しだった。

しかし愛犬というのは……嬉しいような、複雑なような。思い当たる節がないわけでもないから恥ずかしい。

「もしかして、俺のこと、めちゃくちゃバカにしてませんか」

「まさか。してないよ。可愛いって思ってる」

「う、嬉しくないですよ、男が男に可愛いって言われても」

「そう？　私が君に言うのは？　想いを込めた特別な可愛い、だったらどう？」

甘い空気が漂い、胸の奥がくすぐったくなる。その特別がどんな意味のあるものなのか、もっと知りたくなってくる。

ワインの酔いが今頃まわったのか、それとも別のときめきか、胸の鼓動がドキドキと早鐘を打ちはじめ、甘く重たい痺《しび》れが全身を駆け巡るようだった。

「狡い」

千映は思わずといったふうに口走った。

すると、柊木が千映の頬に手を伸ばし、背の高い彼に視線を合わせられるよう、ついっと顎の先を上げられる。

鼓動は速まり、息ができなくなりそうになる。

柊木の顔がゆっくりと近づいてきたかとおもいきや、身構える隙もなく、二人の唇が接触した。

「……ん」

乾いた表面を潤すように、柔らかい唇で何度も啄まれ、丁寧なくちづけに、胸の奥に甘い気持ちがこみ上げる。

(……あ、どうしよう。いつもより、すごい……きもちいい……)

心臓の音はどんどん早鐘を打っていくばかりだ。唇が寄せられては離れていく、その繰り返しに胸が締めつけられる。

しばらくキスを繰り返したのち、唇がいったん離され、柊木が千映をなだめるように低く甘い声で囁いた。

「もう今の君は……コンシェルジュではないんだから、キスも、この先も……自分の意志で自由に拒むことができるんだよ」

熱っぽい瞳に捉えられ、千映の心は揺れた。

そうだ。柊木の言うとおりだ。それなのに、離れたいと思わない。むしろ、触れられたいと思っている自分がいる。

「……それなら、俺は……自分の意志で、こうしたいって思ってます」

驚くほどすんなりと唇から素直な感情がこぼれ落ちた。こつりと額を当てられ、間近に薄青の澄んだ瞳が見える。そこには彼を恋慕う自分がくっきりと映っていた。

「いいのかい？　私はこうして君に触れていると、どうやら欲張りになるようだ。もう何年も……長い間ずっと……こんなふうに人と関わりを持とうとする気持ちは、忘れていたのに」

絞り出すような声で、柊木が言う。

「……長い間、ずっと？」

千映は静かに問いかけた。だが、柊木が悲しそうな顔をするので、それ以上は追及できなかった。心に刻まれた傷というものがどれほど辛いものか知っている千映には、不用意に彼の傷に触れたくはなかった。千映が彼に与えてあげたいのは癒やし、温もりなのだ。そして千映もまたそれを望んでいる。

柊木が千映の髪に指を絡める。髪を撫でる手の仕草が心地よい。頬に触れる唇も、それが目尻に落ちる感触も。

ドキドキしながら、このまま目を瞑ってずっと柊木からのキスを感じていたくなる。

「可愛いって、私が君に言うのは、どういう意味だと思っている？」

「それは……わかりません」

「少しは自覚くらいあるだろう？」

唐突に耳のそばで囁かれ、身体がびくりと跳ねた。さらに耳朶を食《は》まれ、ぞくぞくと肌が粟立《あわだ》った。

「……んっ……」

こらえきれずに声を漏らすと、柊木は再び唇をやさしく啄んで、それから「目を開けて」と命じてきた。

ドキドキしながら、千映は瞼をそっと開ける。先ほどよりもずっと熱っぽく潤んだ薄青色の瞳が揺れていた。

「千映くん、君のことをそれほど特別に思っているっていうことだよ」

「……っ」

柊木に囁かれる甘い言葉は、幾らでも千映の身体を熱くする。

ひとことずつが、まるで媚薬のように身体に沁《し》みて、いやでも心臓の音を高めてしまう。

ついこの間、失恋したばかりだと思っていた。それなのに他の男に欲情するなんて、実は自分は薄情な人間なのだろうか。

そんなふうに心の中で自分を責めている最中も、身体は浅ましく欲望を昂《たかぶ》らせているのだから、やっぱり薄情なのかもしれない。

元恋人から淫乱だと罵られ、辱められたことが、一瞬浮かんできて、たまらない気持ちになった。

もしかしたらほんとうにそうなのかもしれない。そういうところがないわけではないと思う。

でも、少なくとも千映が激しい欲求に駆られるのは、目の前の柊木だけだ。

それならば——もうとっくに恋に落ちていたことになる。

「キス、もっとしてもいいかい？」

千映は当然のようにこくりと頷く。だって、自分は飼われた身なのだ。彼に愛されることを望んでいる。許可を問わなくても、自分の所有物のように扱ってもらって構わない。

「して、ほしいです。柊木さんにしてほしい……」

元恋人のことを忘れるように、上書きできるように。

でも、誰でもいいわけじゃない。柊木にそうしてほしい。

千映は濡れた目で縋るように訴えた。

「ああ、飽きるぐらいしよう。君とのキスは……とても気持ちがいいんだ」

……俺もです、と言おうとした唇が、もう待っていられないというように塞がれてしまう。

千映は柊木の逞しい腕に抱きしめられ、彼の背中に指を喰《く》い込ませた。

先ほどまではゆったりと食みあうようなくちづけだったのだが、やがてだんだんと深く激しいものになっていき、互いの吐息が荒々しく乱れていた。

「……ほんとうに君は……健気で、献身的だね。そういうところが、たまらなく私の心を揺さぶるんだよ」

キスの合間に、熱っぽくそう言い、柊木が喰らいつくように唇を貪る。

「は、ん、……んん」

我慢ならないといったふうに唇を割って入ってきた舌を、ねっとりと絡められ、千映もまた彼に求められるままに応じた。

柊木の舌で濡れた舌先をこすられるだけで、下半身にぞくぞくとした痺れが走り、それは少しずつでもたしかに中心の昂りへと集まっていく。

苦しくなって唇を離すと、柊木は熱のこもった甘い声で囁いた。

「……君をもっと味わわせてくれるかい？」

いやとは言えなかったし、恥ずかしいとは思ったが、それ以上に……柊木に触れてほしいと思った。抱きしめられたときに感じた逞しい体軀を、直《じか》に感じてみたいという欲求の方がずっと強かった。

おいで、とソファに座らされ、キスと共にぎしりと座面が軋《きし》んだ。

そのままなだれ込むように背中に座面が触れ、柊木の逞しい体軀を受けとめる体勢になった。

上から覆いかぶさられると、キスはさらに深くなった。舌を絡めるよりも、もはや唾液を貪るように、瑞々《みずみず》しくもいやらしい音が響き渡り、それがますます千映の欲求を煽る。

「……んん、……はっ……柊木、さっ……」

キスとキスの合間に漏れるため息は熱く、柊木が興奮していることが伝わってくると、千映はもっと柊木のことを感じたくて、彼の首に腕を回し、無意識のうちに腰を押し付けてしまっていた。

「ん、……は、ぁ……」

濃密になっていくキスに集中していると、窮屈になったズボンのファスナーを外され、びくりと身体が跳ね上がる。

「さっきから君のこれが当たっている。私に触れられたいと言ってね」

「あっぅ……あっ！」

下着の上から手のひらが這わされ、指先がつっと屹立《きつりつ》をなぞっただけで、いやらしい蜜口が濡れていることが自分でわかってしまった。

「違ったかい？」

「……ちが、っわ、ないっ……」

千映は素直に胸の内を暴露した。

「いい子だね」

色めいた声に褒められ、ますます身体は熱くなる。柊木の声は柔らかい。だからこそ嗜虐《しぎゃく》的な響きがひどく甘い余韻をもって千映を淫らにさせるのだ。

じっと見下ろされると、恥ずかしくて死んでしまいそうだった。けれど、それ以上に身体は昂って仕方なかった。

形を確かめるかのように丁寧に触れられることがむしょうにもどかしくて、千映は柊木の舌を舐《な》めるようにキスをして、もっともっとと知らずにねだっていた。

柊木は存分にキスに応じてから唇を離し、千映の耳元で囁いた。

「すごく硬くなってるよ。可愛いな。感じてくれてるんだね」

耳朶を食み、首筋をやさしく唇で辿りながら、千映の髪をゆっくり撫でる。

「は、……あ、だって、……柊木さんが、触るから……っ」

他の誰でもこんなふうにはならない。それを訴えたくて、千映は泣き縋った。

柊木の吐息が少し乱れる。千映の乱れた姿に彼も興奮しているみたいだ。

「そんなふうに君が言ってくれると、すごく嬉しいよ」

千映の方こそ、柊木がそう言ってくれるのが嬉しい。

これからどうなるのだろう。この節くれだった大きな手で扱《しご》かれたら、この柔らかい唇で隅々を愛されたら……。想像しただけでイってしまいそうだ。

できるのなら、柊木にも気持ちよくなってもらいたい。求められるのなら感じるところをよくしてあげたい。

想像ばかりが先走って、中心は硬く張りつめていく。ひょっとしたら欲望のすべてが弾けてしまうかもしれないほどの勢いで膨れ上がっていくのを感じる。

「ん、……あ、……ぁっ」

あれほどキスが気持ちよかったのに、キスだけでは足りなくて、千映は目を開けて、柊木をじっと見つめてしまった。

欲しい、欲しい、そういう目で見ていたかもしれない。

「そんな目で見たらダメだよ、千映くん」

そう言い、柊木は千映から離れてしまった。

拍子抜けした千映は、おずおずと柊木を見上げた。

てっきり求められるかと思ったのに。身体を許す気になっていた自分が急に恥ずかしくなってくる。

「ごめん。キスだけじゃ足りない？　もっとしたかった？」

「そ、それは……」

かあっと頬が熱くなる。どうやらひとりで先走ってしまったらしい。恥ずかしいやら情けないやらで、今すぐにでも消えてしまいたかった。

「俺、こんなんだから淫乱だって言われるんですよね。ほんとう、ごめんなさいっ」

しかもそう言っているそばから、千映の股間のものは硬く張りつめ、天を仰ぎそうな勢いなのだ。

「あ、もう、俺……ほんとうに、いやだ。恥ずかしい。消えたいっ」

「ちょっと待って、落ち着いて、千映くん。そうじゃないんだ」

柊木が千映の肩を摑み、落ち着かせようとする。直視できずに頭《かぶり》を振ると、強引に唇を塞がれた。

それでも抗《あらが》えば、唇を割って舌を絡ませられる。

交わった唾液が喉の奥にたまっていき、瞼のあたりがじんわり熱くなる。なだめるように唇をそっと啄まれ、千映はようやく混乱から解放された。

「……ん、ふ、ぁっ……」

仕上げといわんばかりに、柊木が千映の額に唇を押し当てる。

「いいかい？　今やめたのはね、したくなかったからじゃない。肝心なことを君に告げてなかったからだよ」

「……え？」

柊木は言いづらそうにしていた。彼の頬が珍しくほんのり紅潮している。

「君との関係は、できれば急ぎたくないんだ。ゆっくり大事にしたいって思ってる。情に流されたり、なし崩しにしたくないんだ。こう考えるのは……だめかな？」

千映は首を横に振った。

「……わかってくれてありがとう。千映くん、私は君のことが好きだよ」

やさしく微笑まれ、胸がジンと痺れる。情けなくも、涙が溢れてきそうだった。

「柊木さん……俺も、あなたのことが好きです」

「うん」

そっと包み込むように抱きしめられ、大事にされているのだとわかって、なおさら身体は熱くなるばかりだ。

ああ、やっぱり自分は柊木のことが好きだ。

柊木はきちんとこの先のことを大事に考えてくれていたのに、ひとりで空回りして喚いていた自分がますますいたたまれなくなってくる。

そして相変わらず淫乱な下半身は、勢いを鎮《しず》めることがままならない。苦しいほどに脈を打って、彼への想いを遂げたがっている。

「……大丈夫？　おさまらないようなら、手でしてあげようか」

頬にキスをしながら、柊木がやさしく問いかけてくる。なだめるように頭をそっと撫でられ、千映は恥ずかしくなった。

「そ、そんなことをしてもらうわけにはいきません。大丈夫です。もうそれは言わないでください」

千映は顔を赤くしたまま首を横に振った。ひとりだけ興奮してしまって、柊木の手を身勝手に汚すのだけはいやだ。

「今はキスだけで十分です。柊木さんの気持ち、嬉しかったから」

千映がそう告げると、柊木はやさしく微笑んで、最後に額にキスをしてくれた。

「ああ、私も嬉しいよ」

「あの、柊木さんは……俺に何かしてほしいことないですか？」

「もう十分、君はしてくれているだろう？　うまい料理をごちそうしてくれたよ」

「その他には？」

「そうだな。また、膝枕してくれると嬉しい」

「わかりました。じゃあ……」と言いかけて、自分が半端に擡《もた》げている状態なのを忘れていたことに気付く。

「えっと、ごめんなさい。大丈夫です。もうそろそろ落ち着きますからっ」

あわあわ言い訳をしていると、柊木は千映の頭をくしゃりと撫でた。

「淫乱がコンプレックス？　もったいないよ。恋人がそれほど身も心も預けてくれるなんて、嬉しいことじゃないか」

思いもかけない言葉を言われ、胸がじんわりと熱くなる。

「こんな俺……いや、じゃないですか？」

「もちろんだ。だから、そのうちゆっくりとね。楽しみに取っておくよ」

柊木はいつでもやさしい。そんなことを言われたら、ますます熱が上がるばかりだ。いったん抜かないと元に戻るのは難しいかもしれない。だが、妙な間ができるのは避けたい。どうしたら——そわそわしている千映を察したのか否か、柊木がリビングのドアの向こうへ千映の視線を促した。

「まずはシャワーを済ませてくるといい。私も、リラックスした格好をしたい」

「そ、そうですよね」

助かった、と千映は思った。

「場所はわかるかな？　自由にしてくれていいから」

「はい。お言葉に甘えて、行ってきます」

千映はそそくさとリビングを出て、バスルームに逃げ込んだ。

柊木に触れられたところが全部敏感になっている。それに加えてあの告白は反則だ。

（はぁ……もう、やばい……我慢、できない……これ、どうするんだよ）

柊木には大丈夫だと言ったけれど、中心はいつまでも熱くたぎって、このまま放置したって鎮まるのは絶対に無理だ。

千映はとりあえず汗ばんだシャツを脱ぎ捨て、バスルームに入ったあとはざっとシャワーを浴びた。

それから、ボディソープで身体を洗いながら、張りつめた自分自身をそっと手で支えてみた。それだけでびくりと甘い衝撃が走る。

「あ――っ」

目を瞑って感じるのは、さっき柊木にされた数々の手淫――唇と舌の感触……。

「ん、……っ……」

声が漏れてしまいそうになるのを抑えるので精いっぱいだ。

（柊木さん、……俺、っ……）

頭の中が白くふやける。ようやく解放されて天を仰いだ股間のものを、千映は根元から扱きはじめた。

はぁ、はぁ、と息遣いがいやらしく乱れる。もうなりふり構っていられなかった。

今すぐにでも爆発しそうな巨大な欲求がそこまできていた。

気付けば無我夢中で自慰に耽り、そのまま爆発しそうなほどの想いの丈を思いきりぶちまけた。

「……はぁっ……っ……はぁ……っ」

バスルームの中に白濁した体液が流れていくのを眺めながら、絞り出すように残りを吐精した。

「……はぁ、っ……あっ……」

千映はぼんやりとする中で、大理石の壁にずるりともたれかかった。

達してもなお、柊木への想いは胸の中でずっとたぎったままで……その日はいつまでも眠りにつけなかった。

＊＊＊

翌朝、千映はインターフォンの音で目を覚ました。のっそりと起き上がってリビングに出てきてみるが、柊木の姿はなかった。

催促するようにまたインターフォンが鳴る。柊木の寝室を訪ねてみると、彼は目を瞑ったまま安らかな寝息を立てていた。この状況では少しも起きる気配がない。

代わりに確かめておこうと思い、目をこすりながらインターフォンの画面を見てみると、スーツを着た男性の姿が見えた。

「どちらさまでしょうか？」

擦《かす》れた声で尋ねると、はきはきとした声が返ってきた。

「おはようございます。秘書の中谷です。社長に時間ですとお伝えください」

男性はそう言い、名刺を画面にかざした。仕事関係の人間だとわかると、一気に目が覚める。

「かしこまりました。少々お待ちください」

千映はすぐに柊木の寝室に向かい、ベッドに近づく。

「柊木さん、大変です。秘書の中谷さんが来られましたよ」

「ん……まだ、……いい」

煩わしそうな顔をしたかとおもいきや、柊木は千映の腕をぐいっと引っ張ってきた。華奢な千映はそのまま柊木の腕に組み敷かれてしまう。

「ちょ、そんなっ……柊木さんっ……離れてっ」

千映はおもいっきり動揺した。上半身裸の逞しい腕に抱き込まれ、電光石火で顔に熱が走る。

「……そんなに……飲めない……」

どうやら寝ぼけているらしい。千映を抱き枕にしたまま、すうすうと寝息が聞こえてくる。

千映は思わずくすっと笑ってしまった。柊木にもこういう一面があるのだ。なんだか可愛い。

疲れているのならこのままにしてあげたいが、訪問者がいるからにはそうもいかない。

「柊木さん、朝ですよ！　秘書さんが来てるんです。起きてください」

どうにか柊木の腕を押しのけ、彼の身体を揺さぶった。すると、うっすらと彼は目を開けた。やがて焦点がだんだん定まってくると、柊木は千映を認識するなり、ぽかんとした顔をする。

「千映、くん……なぜ……私は君を……」

「安心してください。何もないです。寝ぼけていたんですよ」

「なんだ、そうか」

柊木はホッと胸を撫で下ろした。その様子にちくりと胸が痛む。なぜ傷ついたのだろう。千映自身よくわからない感情の揺れだった。

なんで傷つく必要があるのかと、千映は自分の欲望の浅ましさをまたあらためて恥じた。もうあんな失態はするまい。

「実は、秘書の中谷さんが待っているんです。お通ししていいですか？」

「ああ、そっか。すまなかったね。今準備をするよ。先に通しておいてくれないか」

上半身を起こして、柊木が言う。

「わかりました。そう伝えておきますね」

千映は返事をして、裸の彼を極力見ないようにして、そそくさとベッドから離れた。

オートロックを解除すると、しばらくして玄関用のベルが鳴った。

ドアを開けると、硬い表情を浮かべた神経質そうな男性が「おはようございます」と儀礼的に頭を下げた。

その上、千映が返答する隙も与えない手早さで、先ほど画面に移した名刺をさっと差し出してくる。

「あ、お、おはようございます。初めまして、えっと俺は……」

「初めてお目にかかりますが、新井千映さん、あなたのことは存じ上げております」

「そ、そうですか」

どうやらとても頭の回転のいい人らしい。秘書ともなれば当たり前かもしれないが。

「社長はまだお休みになられているのですか？」

中谷の鋭い視線を受け、千映はしどろもどろに答える。

「先ほど起きて、シャワーを浴びています」

「昨日の終業時にスケジュールの変更があったことをお伝えしておいたのですが、気もそぞろだったのでしょう。お忘れになったのですね」

中谷は落胆したようにため息をつき、腕時計に目を留める。

「では、先にこちらをお渡ししておきます」

そう言い、セカンドバッグから書類を引き抜き、千映に差し出した。

「これは……」

二枚綴《つづ》りの用紙には、『コンペ応募者用エントリーシート』と記載してあった。

思わず千映は顔を上げて、中谷を見た。どうやら既に話は通っているようだ。

しかし彼の冷たそうな表情を見るに、もしかして二人で暮らしはじめたことに対し、軽蔑しているのではないかという不安を抱いた。

マイノリティーの性癖をすべての人が受け入れられるとは限らない。たとえ社長に仕える秘書とはいえ、プライベートに関することと偏見は別だろう。

すると、そんな千映の心理を見抜いたように、中谷は淡々と告げた。

「ご安心ください。すべて存じ上げております。また、今回の件、提案したのは社長ですが、選考はあらかじめ担当していた者たちが行い、干渉や贔屓は一切しないとのことです」

「もちろんです。ひとりのデザイナーとして、納得のいく案を出させていただきます」

中谷は満足したのか、感じ入ったように頷く。それから千映を観察するように眺めた。

「あの、何か？」

そう問いかけてから、自分が無礼だったことに気付いた。

「気が利かなくてすみません。何かお飲み物をお持ちします。コーヒーがよろしいですか？」

「いえ、私には構わないでください。この分ですと朝食を取るのも難しいでしょうから」

とりあえず千映はキッチンに立ち、朝食に何かさっと食べられるものはないだろうかと思案する。

「つかぬことを伺いますが、千映さんはお聞きになったのですか？　社長の過去のことを」

「過去のこと、ですか？」

千映は柊木との会話を思いめぐらしてみる。そういえば過去に何かがあったらしいが、触れないようにしていたのだった。

しかしなぜ中谷がそんなことを聞いてくるのだろう、と千映は首をかしげる。

中谷はというと、じっと千映の顔を観察するように見つめてくる。そして気を取り直すように背筋を伸ばし、頭を下げた。

「いえ……大変失礼しました。今のことは忘れてくださって構いません」

「え、いや……あの……」

言葉を濁されると、なんだか気になる。柊木の過去がなんだというのだろう。しかしビジネスマンの彼は既にスイッチを切り替えていて、気軽に尋ねられる空気ではなかった。

釜に残ったご飯を集めつつ、おにぎりを作ったらどうだろうか、と思いつく。

そして握りはじめたとき、スーツに着替えた柊木がリビングに戻ってきた。

すると、ソファに腰を下ろしていた中谷がすっと立ち上がり、恭しく頭を下げる。

「おはようございます。お迎えにあがりました」

「すまないな、中谷。うっかりしていたよ」

「そうかと思いまして、直接出られるように準備しておきました」

「ああ、助かった」

柊木は中谷に労いの言葉をかけたのち、千映の方を見やった。

「君のことも、朝から振り回して悪かったね。今度から気をつけるよ」

「いえ。時間に間に合いそうでよかったです」

千映は手元で急ぎ、おにぎりを握り続ける。

「ところで社長、大事な話は最初にしておいた方が、よろしいかと思いますよ」

中谷が進言すると、柊木は戸惑った顔をし、言葉に詰まったようだった。

さっき言っていた過去のことだろうか。何かよくないことだったらどうしよう。

千映は中谷と柊木を交互に見て、緊張に身を包みながら、動向を見守った。

「話をしておきたいが、今はこれ以上、のんびりしている場合ではないんだろう」

「さようでしたね」

では、と中谷が身を改める。すると、柊木は何か迷うそぶりを見せつつ、千映に声をかけてきた。

「千映くん、この件は……またいずれ」

「わかりました」

気になるけれど、とりあえずは納得しておくしかない。

「ああ、そういえば、ホテルの下見をしにいきたいと言っていたね」

「はい」

「自由に内覧できるよう通達しておいたから、行ってみるといい。フロントに声をかければ通してくれるはずだ」

「ありがとうございます。さっそく行ってみますね」

千映が答えると、柊木は笑顔で頷き、鞄《かばん》を抱え直した。

「では、社長、参りましょう」

「ああ」

行ってしまう寂しさを覚えながら、千映はハッとした。

「ちょっとだけ待ってもらえませんか？　三分だけでいいので、俺に時間をください」

千映はそう言い残すと、ラップに包んだ白米を取り出し、丸みを帯びた真ん中へ梅干しを詰めて、手早く海苔《のり》をまいた。

（よし、できた！）

さっそく待っていてくれる柊木と中谷のもとへ、息を切らして行った。

「これ、おにぎりです。朝食を準備できなかったので、よかったら車で食べてください」

「ありがとう。わざわざよかったのに、用意してくれたんだね」

柊木が受け取ってくれ、千映はホッとする。

「少しでもいいから栄養をとらないとバテちゃいますよ」

だが、横から冷ややかな中谷の声が割って入った。

「健康管理をしていただけるのは結構ですが、それは、海苔……ですか。これからクライアントにお会いするので、身だしなみに気をつけなくてはなりませんね」

中谷はそう言って、コンパクトミラーをポケットからさっと取り出した。

「わっ。気が利かなくてごめんなさい」

あたふたしていると、頭をぽんと撫でられる。

「そんなことはない。君の好意は嬉しいよ」

そう言い、柊木はさっそくおにぎりに齧《かじ》りついた。

「おかしなところがあれば、さっきの鏡を見せてくれ」

「かしこまりました」

中谷は潔く引き下がる。

きっと千映のことを立ててくれたのだろう。なんだか千映の方が中谷に悪いような気がした。

「すみません、中谷さん」

「いえ。私の方こそ差し出がましいことを、失礼しました」

中谷はそう言い、玄関の扉を開けて待機する。

「じゃあ、行ってくるよ」

柊木が微笑みかけてくる。

「はい。気をつけて」

千映もまた笑顔で気持ちよく見送り、それから自分の分のおにぎりに勢いよく齧りついた。

(色々気を遣わないといけないことがあるんだな……セレブだもんな)

しかしああやってお抱えの秘書がわざわざ車で自宅に迎えにくるあたり、住む世界が違うことをあらためて実感し、少し寂しくなる。

ひとりになったあと、部屋が急に静まり返ってしまい、妙に落ち着かなくなってしまった。

（そりゃあ、こんなに広かったら、持て余すよなぁ）

だいたい一流ホテルであるウィスタリアホテルグループの次期総帥といわれる人なのだ。彼がセレブであることは、今にはじまったことではない。

千映は中谷と共に仕事先へ向かった柊木のことを想いながら、二枚綴りの書類に目を落とした。

（忘れないうちに書いておこう）

ダイニングテーブルに着席し、万年筆を滑らせる。必要事項を記入したあと封筒に仕舞い、それから気分を落ち着かせるためにコーヒーを淹《い》れることにした。

不意に、さっきの柊木の態度と、中谷の思わせぶりな発言が蘇ってきて、気になりはじめてしまった。

（いったい話しておきたいことってなんなんだろう？）

千映はため息をつく。

それにしても顧問カウンセラーの吉永といい秘書の中谷といい、柊木のまわりには色男が多すぎる。実はそれが千映を妙に落ち着かなくさせている原因のひとつでもあった。

ＶＩＰ専用コンシェルジュ・アモロッソを柊木が利用していたとはいえ、彼の周囲の男性がみな、こっち側の恋愛主義者だとは限らないだろう。

けれど、柊木のマイノリティーな面に対する好意的な姿勢を感じ取ると、千映の目には、吉永も中谷もこっち側の人間に見えてきてしまうのだ。

柊木が他の人と……そう考えると、喉の奥が苦々しいような、胸が切迫するようないやな気分になってしまう。

（って、何考えてるんだろう。これって……嫉妬のようなもんだろ）

浅ましく女々しい自分の感情に落胆し、頭を振った。

そんなことを考えてしまうのは、自分に自信がないからだろう。

もっと自信が欲しい。生まれながらの身分や年齢の部分は仕方ないにしても、せめて仕事において誇れる何かはきちんと持っていたい。それを柊木にも認めてもらいたい。

誰かの下にいてデザインを盗まれていることにも気づかずにいた間抜けな人間のままではなく、業界に、世間に、実力を認められるデザイナーになりたい。

そしてできるのならば、この先もずっと柊木と一緒に幸せな時間を過ごしたい。

柊木に出会ってから気付かされることがたくさんある。自分がこんなに欲の深い人間だとは思わなかった。

だが、そんな自分のことが今はとても気に入っている。

まずは第一歩を踏み出してみようじゃないか。新しく生まれ変わった気持ちで。そしたらもう少し自信が持てるようになるかもしれない。

千映は「よし、やる」と自分を鼓舞するように呟いた。

それからひとりになった千映は、パソコンと手帳を開き、思いつくままにデザイン案を起こしてみた。

夢中で取りかかっていたら、気付けば昼が近づいていた。

ありあわせのもので昼食を済ませたあと、幾つかのクライアントに任せてもらえる案件がないか問い合わせをし、打ち合わせの約束を取りつけることができた。

空欄だった直近三ヶ月のスケジュールが少しずつ埋まっていくのが気持ちいい。

そうだ、この調子できちんと働かなければ。いつまでものらりくらりしていられない。

生活があるのはもちろんのこと、将来を考えれば、貯金だってしておかなくてはならない。

いきあたりばったりの人間がなんとかなることなんか、そうそうあるはずがないのだ。それに、助けられた分、きちんと仁義は尽くさなくてはならないだろう。

その後はさっそく柊木が許可を出してくれたホテルの下見をすることに決めた。

千映は都内の一等地に構えられたウィスタリアグループのホテルへと向かった。

即席で作ったフリーデザイナーの肩書きに変えた名刺を受付に渡し、内覧をさせてもらったあと、千映はホテルの一階にあるロビーのソファに腰を下ろした。

窓際の席に座り、黙々とノートパソコンにデータをまとめていると、突然トンと右肩を叩かれ、千映は驚いて顔を上げた。

見上げた先には、柊木の顧問カウンセラーだという吉永が立っていて、「やあ」と爽やかな笑顔で声をかけてきたのだった。

「あ、吉永先生ですよね。どうも、こんにちは」

「君は、千映くん、でよかったよね？」

「はい。新井千映です」

「では、千映くん、通りかかったのもご縁ということで、ちょっと外のカフェにでも付き合わないかい？」

やんわりとした誘い方だが、かえって有無を言わさない感じがする。それを後押しするように、吉永は付け加えた。

「僕はね、柊木の過去のことを色々知ってるんだよ。なんていったって大学時代からのよしみだから」

過去のこと……という言葉に、ぴくりと反応をしてしまう。

「学生時代から……お付き合いが長いんですね」

「うん。もちろん嘘じゃあないよ。どう？　釣られてくれる？」

「少しだけなら……」

千映が譲歩すると、吉永は嬉しそうに目元を緩め、行く先の方向を指さした。

「じゃあ、いったんここを出よう。あの道の角を曲がったあたりに昔ながらの喫茶店があるんだ」

案内された場所は、大正時代を思わせるようなレトロな喫茶店だった。

洒落《しゃれ》た店内のデザインにあれこれ目を奪われながら、吉永と共に窓際の席に腰を下ろした。

「やっぱり職業柄、いろんなデザインが気になっちゃう感じ？　二人でいるときも、そういう話をしてるの？」

着席するなり吉永に聞かれて、千映は我に返る。彼は優男風の飄々《ひょうひょう》とした雰囲気があるが、さすがカウンセラーというだけあって観察眼は誰よりも鋭そうである。

今日声をかけてきたのも、たまたまじゃなく故意ではないだろうかという予感がした。単に世間話をするならわざわざ場所を移す必要もないだろう。

「仕事のことは、以前に所属していたデザイン事務所の件で繋がりがあって……」

やや身構えつつ説明しながら、千映はこれまでのことを頭の中で振り返った。

吉永と柊木が旧知の仲だとしたら、柊木は自分とのことも打ち明けているのだろうか。どこまで話をしているのだろう。

ちらちらと意識していたせいか、吉永がいったんメニューに落とした視線を、こちらに向き直した。

「勘ぐらないでいいよ。可愛いコンシェルジュくん。今ではすっかり恋人かな？」

くすくすと吉永が笑う。

ああ、やはり見透かされていたのだ、と思うと恥ずかしくなって耳まで熱くなった。

「人が悪いって言われませんか？」

「うーん、人たらしとは言われるねぇ。そうでなくちゃ医師にもカウンセラーにもなれないよ」

ははは、と白い歯を覗かせて、吉永は言った。

「僕としてはね、柊木が立ち直るためには、君のような子との関係が望ましいと思っているんだ」

「……立ち直る？」

話が見えなくて、千映は首をかしげた。

「ああ、柊木とはまだそこまで深い話はしていないのかな？　その分だとまだプラトニックな関係なんだろうね」

「えっと……」

なんて答えたらいいのやら、言葉に詰まってしまう。たしかにプラトニックな関係ではあるけれど、当事者以外の人間につらつらと内情を暴露してもいいものだろうか。

「もちろん答えたくないことは言わないでいいんだよ」

「……すみません」

「うんうん。じゃあアドバイスをしておくよ。柊木はね、過去に精神的に追いつめられていた時期があって、それが原因で、うまくいかないみたいなんだ。そこをわかってやってほしいんだよね」

吉永が言葉を選びながら、必死に伝えようとする。彼が言わんとすることを理解したいが、さっきからオブラートに包まれすぎてよくわからない。

「なにが、うまくいかないんですか？」

「夜のことだよ。いや、限定するのはおかしいか。朝も昼も夜も、好きな子に触れる機会があれば、いつだってしたくなるよね」

……吉永が意味ありげな視線を向けてくる。

ああ、そういう意味か、とようやく千映は理解した。

そして不覚にも脳内でリアルに想像が駆け巡ってしまい、首から上が一気にかぁっと熱くなった。

「千映くんは、そう思わない？」

「そ、そ、そうですね……」

しどろもどろに回答すると、吉永はからっと「僕も」と一言付け加える。

なんか妙な話になってしまった。別に後ろめたいことなんてないのに、目が泳いでしまう。

「真面目な話、いざ、したいって思って挑んでも、意思とはうらはらに萎えてしまうんだから、辛いと思うよ」

うんうんと頷きながら、吉永は力説する。まさか柊木がそういう悩みを持っているなんて想像したこともなかった。

最後まで求めようとしなかったのは、そのことが原因だったということだろうか。

それなのに、淫乱だと言われてきた自分にあれこれ引け目を感じて、柊木に想いをぶつけてしまった。いったい彼はどんな気持ちでいたことだろう。

「吉永先生のおっしゃることが本当であっても、そういうデリケートな問題を、他人に喋ってしまうのはどうなんでしょうか。柊木さんだって俺に知られたくないって思ってるかもしれないのに」

「もちろん通常の業務では患者さんや顧問先の守秘義務はきっちり徹底しているよ。だけど、友人である柊木に関しては別だ。カウンセラーの前に、僕はひとりの友人として、君になら打ち明けるべきだと判断したんだ。彼についている敏腕秘書さんからもなんとかサポートしてほしいと特別に要望があってね」

千映はすぐに中谷のことを思い浮かべた。冷徹な真面目人間っぽい彼はきっと余すところなく上司である柊木を支えたいのだろう。

「そこで君の出番だ。今まで誰とも恋愛をしようとしなかった柊木が久しぶりに夢中になっている子ができたんだ。君が可愛く誘惑してくれたら、今の柊木ならイチコロだと思うんだ」

「い、イチコロって、そんな言い方はだめですよ。本人にとって真剣な悩みなんですから」

この人は本当に心療内科医およびカウンセラーと呼べる人なのだろうか。他人を思いやるというよりも遊んでいるような気がしてならない。

千映が狼狽えている間にも、吉永は持論を展開する。

「うーん、例えば、刺激を与える。裸にエプロンをつけてみるとか。Tバックを穿《は》いちゃうとか。乳首に穴を開けた男性用のブラを身につけるとか……」

千映はぎょっとした。とても老舗《しにせ》の喫茶店で喋るような内容ではない。他の客の視線が集まってはよくないだろう。

「なっ……そんなのっ無理です。だめですよ、先生っ」

なんとか話をやめてほしくて、声を潜めて訴える。吉永はそれでもやめる気はないようだ。

「だめ？　じゃあ、こういう作戦はどうかな？　まずはわざと水をこぼして、丁寧に拭いてあげる。そこで誘惑をして……次はご奉仕してあげる。ただするんじゃなくて、君の可愛さをアピールしながら、道具を使ってもいいんじゃないかな」

「……奉仕って、ど、道具って……」

なんだか眩暈がしてきた。

吉永が案を出すたび、勝手によからぬことを妄想して、下半身でおさまっているはずのものが反応してしまう。

センシティブな悩みを持つ柊木に対し、単純すぎる自分が浅ましくていやになる。

ははははっと愉快な笑い声を立てる吉永を見て、千映はむっとした。

「先生、俺のこと、面白がっていませんか？　大事なことなんでしょう？」

「いや〜、千映くん、わかってないなぁ。真剣に、大事だからこそ、わざとこういう話をしてるんだよ」

整った顔をずいっと近づけられ、千映はとっさに身を強張らせた。

「真剣にわざとって……意味がわかりませんよ」

「だって、君は今……身体が熱くなってるよね？　千映くん」

覗き込むような体勢で、しかも誘惑めいた視線を向けられ、条件反射で顔がぼうっと熱くなる。

「……っ」

それは言わないでほしかったのに。

言葉を失っていると、吉永はにっこりと目を弓のように細めて微笑んだ。

「今も、ちょっと身体がドキドキしてるよね。僕のことを守備範囲に入れてくれてありがとう」

「俺はっ……柊木さんのことが大事なんです。からかうのは、やめてくださいよ」

すっかり遊ばれている自分が恥ずかしいやら腹立たしいやら、わけがわからなくなってくる。

「ごめんごめん。ちょっと脇道に逸れすぎたね。でも、ほんとうにほんとう。真剣な話をしよう。普通なら、健全ならあるはずの反応が柊木にはない。本能や衝動はあるだろう。でも、身体にまで伝わらない。それで諦めてしまうんだ。本人は、理性と本能じゃないところで制御をかけられてしまうのだから、もどかしくてならないだろうね」

そう言い、吉永はため息をついた。

「その、柊木さんがそういう症状になってしまったのは……いつから、なんですか？」

「ここ一、二年らしいね。でも、もっと前から精神的に参っていたようだよ」

「仕事のこと……なんでしょうか？」

「まあ色々あるさ。そこは千映くんから言われたように、守秘義務に入るわけだから、黙っておくことにするよ」

なんて中途半端な情報なのだろうか。そこまで小出しにされたら、気にならずにはいられないのに。

「人ってね、ストレスを感じている最中は防御反応が働く。それから解放されたあと、気が抜けてしまったばかりに抑えていた部分が、自分の方に向かって攻撃してくるものなんだ。ほら、夏バテっていうのも夏の間よりも秋になる頃の季節の変わり目にくることがあるだろう？」

千映は黙ったまま頷く。

「今がちょうどそんな感じで、回復期の手前までできてるんだ。だから、ここで深刻になっちゃいけないんだよ。負のスパイラルにならないためにもね。恋人がいるのなら、恋人同士の間で分かちあって、明るく笑い話にできるぐらいの感覚でいた方がいいんだ」

だから力になってあげてよ、と言い、吉永は朗らかな笑みを浮かべ、コーヒーを啜《すす》った。

千映はしばし考え込んだ。したいときにできないというのはたしかに男の生理的な問題を考えると辛い。相手があれば、なおのこと気を遣うことだろう。

もしも自分だったら、吉永が言うように負のスパイラルになって自信喪失してしまうかもしれない。

「さっそく今夜からでも、ね？　色々と恋人として尽くしてあげるように、お願いしておくよ」

吉永にせっつかれて、千映はどう反応したらいいものか困惑する。

もちろん自分にできることはなんでもしてあげたいと思う。

（で、でも、裸にエプロンはともかく……穴開きのブラジャーとか、Ｔバックとか、そこまでできるのか？　俺に……）

笑いごとじゃないのはわかっているが、想像したら、むずがゆくなってしまった。

「別に、特殊なことは必要ないんだよ。すべては気持ちの問題なんだから。ちょっとふたりではめを外して、君がいつもより淫乱になってみればいい」

そう言い、吉永はウインクをしてみせる。淫乱という言葉にどきりとしつつ、気障な吉永の態度を一歩引いて眺めた。

まさか、それも見透かされているのでは？　という不安に陥った。

そして、どこまでこの先生を信じていいのだろうか、と思う千映だった。

＊＊＊

柊木がマンションの部屋に帰ってくると、キッチンの方から食欲をそそるいい匂いがした。千映が料理をしてくれているようだ。

包丁がまな板を叩く、小気味のよい音が聞こえてくる。その合間に鼻歌が聞こえてきて、柊木は思わず微笑んだ。

「ただいま」と声をかけると、待っていましたと言わんばかりに千映が顔を上げ、人懐っこそうな顔をくしゃりと緩めた。

「お帰りなさい。柊木さん」

「ただいま。おいしそうな匂いがするね」

「今日は、洋食にしました」

「洋食か。いいね。楽しみにしてるよ」

「あ、えっと、先にご飯にしますか？　お風呂にしますか？　それとも……」

と言いかけた千映が、そこから言葉を詰まらせる。そしてなぜか顔を赤くしたり、うーんと考え込んだり、なんだかいつになく挙動不審だ。

「どうしたんだい？」

「い、いいえ。なんでもないです。他にすることってなんかあるかなぁって……」

「せっかく作って待っていてくれたんだし、一緒に夕食にしよう。私の方こそ、何か君の手伝いをすることはある？」

「あ、じゃあ、ご飯をよそってくれると嬉しいです」

「わかった。じゃあ、ひとまず上着を脱いでくるよ」

「はい。待ってますね」

千映はいつもどおりに愛らしい笑顔で答える。さっきのはなんだったのだろう、と思ったが、柊木は頭の片隅に置いておくだけにした。

それから上着を脱いですぐにキッチンに戻ってくると、先ほどとは違った、ふんわりと甘い果実の香りが漂ってきた。

「なんか甘い匂いがするね。桃のような？　フルーツかな？」

デザートを用意してあるんだろうか、と見回すものの、それらしきものはない。

香りの在処《ありか》を探ると、どうやら千映のうなじから漂っているようだった。

「君の香水？」

思わず、柊木は千映の首筋に顔を近づける。すると、千映は慌てたようにその場所を押さえた。

「こ、これはですね。一番、人が甘い気持ちになれる香りだそうなんです」

千映はそう言い、円《つぶ》らな瞳でじっと見つめてくる。まだ何かを言いたげだ。

「うん？」

首をかしげつつ、千映の言葉を待つ。すると、彼の顔がみるみるうちに赤く染まっていく。

「えっと、柊木さんの瞳が、俺、すごく好きなんです。夜明けの澄んだ空の色のような、薄青の綺麗な色が」

以前にも褒められたことがある。千映は柊木の瞳の色が好みのようだった。

「君にそう言ってもらえると嬉しいよ。よく珍しがられるけど、面と向かって好きだなんて言われたことがないからね」

そう答えると、千映はまたじいっと見つめてくる。今日の彼はなんだか妙だ。

「何かしてほしいことがあるのかい？　それなら、遠慮せずに言うといい」

尋ねると、千映の肩がぎくりと強張った。

「何？」

「えっと、してほしいというか、してあげたいというか」

そう前置きをしつつ、千映はしばしの逡巡《しゅんじゅん》のあと意をけっしたように口を開いた。

「あの！　俺に、もっと甘えてください。頼ってほしいんです。年下の若造が何を言っているんだって感じですけど。でも、俺をここに置いてくれるなら、柊木さんにはもっと……俺のことを必要としてほしい。誰よりも、力になりたいって思ってるんです」

「千映くん……」

千映の気持ちは素直に嬉しいと思う。しかし、もともと彼は出会った頃から健気な青年だったけれど、今日はいつにもまして饒舌《じょうぜつ》だ。積極的になられることは好ましいことだが、そこが柊木には引っかかるところだった。

「お酒でも飲んでいたの？　酔っぱらっている？」

訝しんで見つめると、千映はショックを受けたような顔をした。

「飲んでませんよ。酔っぱらってもないです」

「だとしたら……本心を言ってもいいかな？」

「え？」

「食事はおいしそうだ。けど……私は何より君が欲しい」

出会ってから幾度か、千映とはキスをした。でもそれは慰めるためのものだったり、好奇心に突き動かされたものだったり、色々な事情が入ったものだったり。けっして純粋な想いだけではなかっただろう。

好きだと告げあったあとも、まだそこまで深く想いあえていなかったように思う。

柊木は少しずつ千映を愛しはじめていた。いじらしく健気な彼が可愛くて、一緒にいると安らげて、彼と過ごす時間はいつしか何よりかけがえのないものになっていた。

今はただ素直に、彼のことが愛しいと思うままに欲し、求めたいと思う。

柊木はほんのりと頬を桃色に染めた千映の唇をやさしく奪った。

「……んっ…」

柔らかい唇を啄み、幾度も角度を変えながら、互いの温もりを感じ、抱きあって存在そのものを確かめあうことが、至福のひとときだ。

それが今では、それ以上に彼を自分のものにしたいという征服欲のような激しい感情が芽生えつつもあった。

燃え盛る情熱をぶつけるように、柊木は千映の唇を荒々しく貪った。

執拗《しつよう》に、淫らに、熱っぽく、互いの身体をかき抱くようにしながら、舌を絡め、もっともっと心のままに深く感じあいたくて、身体を密着させた。

「ふ、んふ……っ……ふぁ……」

唾液が唇を濡らす。その艶めいた唇をまた啄む。舌を突き出してぬらぬらと絡め、まるで下半身にあるものをしゃぶるかのように舌を舐めた。

「は、ん……は、……っ」

舌でこすりつけるたび、ビクンビクン、と千映が身体を戦慄《わなな》かせる。

触れあった胸の鼓動は速く、下半身で彼の股間のあたりに硬く張りつめた分身を感じる。

キスだけでこんなにも感じてくれる彼が愛おしい。そのあまりに、何度でも唇を奪いたくなる。

しばし没頭するように求めたあとで、苦しくなって唇を離すと、千映は熱っぽく吐息を乱し、濡れた瞳を揺らしていた。

彼はほんのり耳を赤くしたまま、柊木の袖を引っ張り、自分の唇を押し当ててきた。もっとしてほしいということだろうか。舌での愛撫をご所望なのだろうか。ちゅうちゅうっと吸いついて甘える彼が可愛い。

「ん……千映、……」

男にしては柔らかくしっとりとした唇が、渇いた心を濡らしていく。

胸の奥に火が放たれでもしたかのように熱く、焦げそうなほどせつなく、たまらない気持ちになる。

本当は柊木もわかっている。千映がどれほど渇望しているか。できるなら柊木だって彼が望むように抱いてやりたいと思っているのだ。もっと気持ちよくさせてあげたい。そして、もっと淫らにさせて、感じている顔が見たいと思う。

そういう感情が突き上がってきて、自分の方の「ある理由」がもどかしくてたまらなかった。

しかし、千映が望んでいるように愛してやることはできるだろう。だから、とにかく今夜は健気な彼の想いに応えるべく、触れてやろうと柊木は思った。

「ん……」

時折こぼれてくる千映のせつなげな吐息を耳で心地よく感じながら、半開きになった唇を割って、柊木は自分の舌をねっとりと絡ませた。

「んっ……んぅ……んっ」

千映がびくりと身体を震わせ、気持ちよさそうな顔をする。

頬がだんだんと紅潮していくのを眺めながら、飽きもせずキスを繰り返した。

唇を離すと、互いの荒々しい吐息が入り混じった。

しばしとろんとした瞳をしていた千映が、柊木のシャツをぎゅっと握りしめる。

さて、どう愛してあげようか、と考えている柊木をよそに、千映が縋るように抱きついて、耳元で囁いてきた。

「柊木さん……は、どういうのがいいんですか？　教えてください」

「どういうのって？」

「裸にエプロンとか、好き……ですか？　Tバックとか……ブラジャーの乳首責めとか……好きですか？」

はぁ、はぁ、と息を荒くして、千映が柊木を熱っぽく見つめる。

「……え？」

柊木は思わず耳を疑った。

まさか純朴そうな彼の口から、そんな言葉が飛び出してくるとは思えず、しばし唖然《あぜん》としてしまう。

「どんなふうに……したら……興奮しますか？　俺で想像してくれて構いません。俺の身体に……教えてください。たくさん刻んでください……」

「ちょっと待った、千映くん……なにか今の君はおかしいよ」

キスの余韻で恍惚《こうこつ》としているというのでは説明がつかない。明らかに異変が起きている。

ふと、まとわりつくような甘い香りを感じて、柊木はハッとして視線を彷徨《さまよ》わせた。そして、テーブルに置かれたオーデコロンを発見し、あれだ、と見当がついた。

「もしかして、アモロッソの支配人にオーデコロンを渡されたんじゃないのか？」

柊木は支配人の策士じみた微笑みを思い浮かべつつ、思わず千映を問いつめる。

秘書の中谷と支配人は通じているのだ。彼らが何か企んでいるのではないだろうか。

「誤解……しないでください。これは……俺が店を出るときに、支配人から、よければ餞別にって……もらったんです。そんな妙な意図じゃないんですよ」

そう言い訳をする千映の唇は震え、熱っぽく揺らいだ瞳はいつになく淫猥《いんわい》な雰囲気があった。

「君はどうして……催淫作用があるって聞かされなかったの？」

「言われました……そうなればいいなって思ったんです」

おずおずと千映が言う。

「だから、君が今日はちょっと違ったんだね」

柊木はため息をつく。

「ごめん、なさい。きっかけのために、使ってみただけです。俺、柊木さんのために……どうしても何かしたくて……」

「それは嬉しいことだけど、何か特別な理由があるんじゃないのかい？　誰かに入れ知恵されたんじゃない？」

さらに追及すると、千映はぐっと言葉を詰まらせた。そして訥々と答える。

「実は、ホテルの下見に出かけたとき、吉永先生にばったりお会いして、お茶をごちそうになったんです。それで……その、デリケートな悩みごとがあるので、力になってもらえないかって」

柊木はそれを聞いて、やれやれとため息をついた。

「あいつは。僕が不能ぎみだっていうことを話したのか。顧問カウンセラー契約を解除だな」

本心ではないにしろ、お灸《きゅう》を据えとかなくてはならないという気持ちに変わりはない。お節介がすぎるだろう。

「でも、吉永先生は心配してたんですよ。それに、言われたからっていうわけじゃなくて、俺が力になりたいって思ってるんです」

まったく、千映が純粋な子だからって、いいように吹き込みすぎだ。

今度吉永に会ったらきっちり言っておかなくてはなるまい。

しかし事情を知ってしまったなら話しやすい。柊木は自分が患っていることを正直に打ち明けることにした。

「つまりEDってことだよ。君は……ほんとうのことを知って、僕にがっかりしなかった？」

「そんなことありません！　むしろ、どうして求めてくれなかったんだろうって思ったことがあったから、そういう理由があったんだなって納得しました。俺、嫌われてるんじゃなかったんだって」

千映がそう言い、胸を撫で下ろす。やはり彼も気にしていたのだろう。

「君を嫌いなわけないじゃないか」

しかし悩むのも致し方ないことだ。いい年をした男が、プラトニックなキスだけで満足する方が稀《まれ》だろう。

気持ちを通わせあっている恋人同士なら、身体を重ねたい、抱きたい、と思うのは普通の感情なのだから。

そういう気持ちは当然、柊木も持ち合わせている。心理的なものが誘因となって身体的な症状を及ぼすことさえなければ。

「こうなった原因については、吉永は何か言っていた？」

「いいえ。そこまでは……守秘義務だからと言って、教えてくれませんでしたよ。俺も、人づてに聞いていいことだとは思わなかったし……ただ、俺にできることがあるなら、したいっていう一心で……気分を害したならすみません」

千映はしょんぼりと肩を落とす。そんな彼がなんとも愛しく見えてならなかった。

千映の妙な行動の理由が解明されて納得したものの、さっきのエプロンやTバックやブラジャーがどうのという発言を思いだすと、真剣な彼には悪いがおかしくて、くすぐったい気分になる。

「ああ、もう……君って子は」

柊木は思わず、千映を抱きしめた。

「柊木さん……」

「ねえ、気付かないかな？　私が君に……感じている証《あかし》を」

柊木は腰を深く押し付け、千映の顎をくいっと持ち上げた。

「あ、うそ……びくびくして……」

「そうだよ。まだ僅かだが、君に出会ってからだよ。こんなふうに復調しはじめたのは」

そう、他の誰にも打ち明けてはいないが、身体が少しずつ回復しているように感じるのは、けっして気のせいではないと思う。

「だから心配しないでくれ。君を愛しいと思う気持ちが、いつかは……克服させてくれると思う」

「……ほんとう、ですか？」

「うん。だから、待っていてくれないか？　ほんとうにそうなれるかどうかは、君が感じて、見届けてほしい」

「じゃあ、なおさら、俺に……リハビリをさせてください」

千映は言い、ボタンに指をかけた。

「千映くん……無理はしなくていいんだよ」

「無理じゃなくて、したいんです。だめ、ですか？」

柊木は首を横に振った。

「いやなわけがないじゃないか。君の唇はとても気持ちがいいんだ……」

寛げたものは十分な硬さではない。勃《た》ち上がるのも微妙な角度までだ。膨れ上がっていくような感触を得ながらも、やはり不完全である。

しかし、それでもたどたどしく舌を這わせて感じさせようとする健気な彼の仕草に、じわじわと愛おしさが募る。

柊木はもどかしくなり、千映に愛撫をやめさせた。彼の呼吸は乱れ、下半身に集まった興奮を持て余しているようだった。

「脱いで見せて」

命じられるままに千映はおずおずとだがズボンのベルトを外し、下着を寛げた。

ぱんぱんに張りつめた挙句、先端の割れ目からは蜜が滴っている。

じっと見られているのが恥ずかしいのか、彼は無意識に呼吸が乱れている。なんだか視線だけで彼を犯しているような妙な気分になる。

「今度は、私の番だよ」

びくびくと脈を打つ千映の分身を、柊木はそっと手のひらにおさめた。

「あ、だめ……俺が、しないと……いけないのに」

柊木が左手で握った千映の熱棒は、幾度かの摩擦でさらに膨れ上がり、柊木の節くれだった指を濡らし、千映はせつなそうに呼吸を荒らげながら、涙を溢れさせた。

「や、だっ……恥ずかしい。そんな、されたことない」

「よく言うよ。君も、私に同じことをしたんだよ」

「怒ってる……？」

吐息を乱しながら、泣き濡れた瞳で、柊木を見上げてくる。

「……違う。私もしたくなったんだ。君は私の望むことをしてくれるんだろう？」

「あ、そう……だけど、でもっ……」

「今、もっと君を感じさせてあげよう。君の乱れた姿が、私には薬になるんだ」

惹きつけられるように、柊木は千映の昂った屹立にくちびるを押しつけた。

「んっ……ぁ！」

千映がのけぞり、乳首をきゅっと硬く尖らせる。そこを指でくすぐってやると、腰が揺れ、分身はさらに硬くなっていく。

柊木は根元をぎゅっと握ってやりながら、先端の割れ目からこぼれた蜜を吸った。

裏筋に沿って丹念に舐めてやると、独特のねっとりとした苦い体液が舌に絡みついた。

青臭いそれはあまり好きではない匂いだが、千映のなら構わなかった。もっとしてやりたいと思った。

先端を丁寧に舐め上げてやると、泣きそうな顔をして千映が震える。

もはや屹立の先走りは、ただ滲むだけではなく、ぽたぽたとこぼれるほどになっていた。

「は、ぅんん……」

「あ、ぁっ……柊木さん、俺……きもち、……だめっ……」

「いいんだよ。もっと気持ちよくなって、君のタイミングでイって」

「だ、め……ですっ。俺がこんなふうにしてあげたかったのに……っ」

「私はね、君のそういう顔が見たい。最高にそそられる」

浮き立った筋に舌を這わせながら、手で扱いてやり、口をすぼめて、ぐちゅぐちゅと舐めてやると、中でびくりと脈を打ち、さらに硬く張りつめた。

「ほんと、に……？　でも、恥ずかしいっ……俺、やっぱり……あっ……ぁっ」

「こんなにとろとろになって、君はほんとうに淫乱、だね」

淫らに濡れた手で扱きながら、今度は不意打ちに低い声で耳を舐《ねぶ》り、いやらしく罵った。

「あ、あっ言わないでっ……ん、耳、やっ……」

「いやじゃないだろう？　いじめられて可愛がられるのが、好きなくせに」

ぎゅうっと戒めるように根元を絞られて、千映はびくんと腰を揺らした。

「ほら、君はドMじゃないか」

「は、あ、ぁう……やっ、言わないでっ」

「エプロンも、Tバックも、ブラジャーも、少しずつ見せてごらん」

「……っふ、ぁっ」

「淫乱っていうのはね、悪い意味なんかじゃない。逆だよ。私は……そういう君がとても好きだ」

激しく手淫を繰り返し、彼の唇を塞いだ。腰がゆらゆらと跳ねるたびに、彼の先端からは滴が迸る。

「あ、っ……やっんん、もうっイくっ……！」

ぶるりと身体を震わせ、必死に自分で止めようとしたのだろう。しかし間に合わず、手の中で吐精した。

はぁ、はぁ、と激しい息遣いが響きわたり、青臭い匂いが立ち込める。

くったりとした彼は少しも動けないといったふうに柊木の胸に頭を預けてきた。

それが柊木にはとても可愛く見えて仕方なかった。

できるなら、抱きたい。そういう欲求がこみ上げてくるのを感じる。やはり思った以上に、回復の兆しが見えつつあった。

きっと、彼に触れる前に告げたことは、遠い未来ではないに違いない。そんな感情がたぎった。

それから身体を拭いてやり、ひと息ついたあと、柊木はさっきまで乱れていた千映を思い浮かべつつ、あどけない顔に戻った彼をじっくりと眺めた。

「しかし普段の真面目な君と違って、今夜は……色々驚かされたよ」

「うっ……す、すみません」

「いや。まずは裸にエプロン、期待しているよ」

うしろから抱きしめ、耳元でそう囁くと、千映の心臓の音が感じられるようだった。

「できれば、他の案でいきませんか？」

「いや、順番はどれが先でもいいよ。けれど、君が提案してくれたものはすべて、ね？」

「……い、いつかはします。でも、いつになるか期日は……設けません」

千映が真っ赤になって動揺しているのを見て、柊木は思わずふっと笑みをこぼした。

「で、でも、いつか、ちゃんとできるようになるために、俺、がんばります。食事に気をつけたり……それから、気持ちよくなってもらうために。俺だってちゃんと対価の分、働かないと」

「君は私の恋人だ。そういうのは義務のようには思ってほしくないよ」

いじらしい恋人が愛しくて、柊木は千映のこめかみにキスを落とした。

「もちろんです。好きでなければできません。柊木さんのことが大事だと思っているからです」

言ってから、照れくさくなってしまったらしい。千映は顔が真っ赤なりんごのようになった。

柊木はそんな千映の紅色の頬にやさしくキスを落とした。

ああ、なんて可愛い恋人だろう。泣き顔も、笑った顔も、照れた顔も、どれもが愛しい。

――私は彼をもっと大切にしなくてはならない。全力で愛してあげなくてはならないだろう。

＊＊＊

青い空にソフトクリームのような入道雲が天を突き上げるようにそびえたち、夏のまばゆい陽の光がじりじりと肌を焦がす。

ただ歩いているだけで、額から首筋へ、汗が滴り落ち、サウナ風呂に入っているような気分だった。今日はついに気温三十七度を超えたらしく、アスファルトは水たまりの幻を作りながら、陽炎《かげろう》を揺らめかせている。

八月もまもなく半分が過ぎる頃、千映はコンペ用のデザインの最終調整をしながら、日々家事にいそしみ、そして時間の許す限り、柊木と恋人同士の時間を大切にし、身体を重ねるようになった。

身体的な改善はそう大きな変化は見られていないが、今は互いの信頼関係を築くことが大事なのだと思うようにし、なるべく焦らないようにしている。

そんなある日のこと。

画材を調達するために街に繰り出していた千映は、偶然にも吉永と鉢合わせしそうになった。

あれこれアドバイスされたことを実行しているのか聞かれたらいやだな、と思い、とっさに背中を向けようとしたのだが、時すでに遅し。

「おや、千映くんじゃないか」

……さっそく見つかってしまったらしい。

このまま顔も見ないで逃走するのも失礼な話なので、千映は仕方なく会釈をし、そのまま彼がやってくるのを待った。

「こんにちは。偶然ですね」

「ほんとうにそうだね。どう？　その後はうまくいっているようじゃない？」

ほら、やっぱり聞かれた、と思った。

「はい。おかげさまで」

と言いつつ、吉永の瞳が好奇心を滲ませているのを見逃さなかった。

「どれを試したの？」

構えていたものの、声を潜めて色っぽく聞いてくるものだから、千映は条件反射で顔を真っ赤に染めてしまった。

「ど、どれも……秘密です」

しどろもどろに答えると、吉永は以前に会ったときと同じように軽い調子で笑った。

「いいんだよ、素直に答えなくたって。恋人同士の間のことは」

どうやらからかわれてしまったようだ。

「バカ正直だってよく言われます」

「それが千映くんのいいところなんじゃないかい？　少なくとも柊木はそう思ってるんだろう」

にこやかにそう言ったかとおもいきや、吉永は腕を組んで、うんうんと満足したように頷く。

「あれを全部試してみたってことか。恐れ入ったよ。君も可愛い顔をしてやることやるなぁ」

「吉永先生っ、勝手に想像しないでください。それに、まだ全部は……っ……してません」

実をいうと裸にエプロンは試してあるし、目隠しをしたり、一緒に風呂に入ったり、色々趣向を変えたり、スキンシップをはかったり、工夫をしているところだ。

しかし我に返れば、相当恥ずかしい行為をしているのだと思い知らされて、そのたびに穴があったら入ってしまいたい気持ちになった。

吉永から提案された、Tバックや乳首責め用に穴が開いたブラジャーなんかは、さすがに難易度が高くてチャレンジできていなかった。

吉永は愉快そうににやりと口端を上げた。

「ふうん、どれをして、どれがまだなのかなぁ？」

「うっ……」

しまった、と千映は思った。これじゃあ言うとおりにしていますよとアピールしているようなものだ。

「他人《ひと》ごとだけれども、興味はあるんだよ。いいよね。僕も機会があれば……可愛い男子にご奉仕してもらいたいものだよ」

「前から思っていたんですが、吉永先生も……こっち側の人なんですか？」

女好きするような顔だから、どちらにも取れる。

「さあ、どうだろう？　どっちだと思う？」

すっかり遊ばれている気がしないでもない。ノンケだろうとゲイだろうと、彼はSっけがありそうだな、と思う。

「マインドコントロールで、想像させないでください」

「ごめんごめん。君ってつい構いたくなるんだよね。さて、柊木に告げ口されて解雇される前に、退散しておくよ。それじゃあ、デザインの仕事も料理も色々がんばって」

吉永は言いたいことだけを言ったら満足したのか、手をひらひらとさせて行ってしまった。

まったく、摑みどころのない人だ。

(前々から誰かに似てる気がしていたんだよな)

そこまで考えて、千映はぴんとくる。

そういえば一樹がもう少し年を取ったらあんな感じかもしれない。

(……ていうことは、俺はあの手のキャラにいじられる役回りの星の下に生まれたのか?)

弁護士になった一樹からにやにやしながら「千映くん〜顧問契約しないかい?」と持ちかけられる将来が目に浮かぶようでげんなりする。

千映は気分を変え、最寄《もよ》りの駅を目指すことにした。

なるべく早くマンションに帰って、涼しいところで資料を広げながら、集中して仕事の続きをやりたい。

お盆明けにはきちんと必要書類を提出できるように準備しなければならないので、もうあまり時間がないのだ。

電車に揺られて二駅ほど過ぎると、住んでいるマンションの最寄り駅に到着する。

車内は冷房が効いているようだが、人が密集していてあまり涼しくは感じない。

そして駅に到着してドアが開くと、むんとした蒸し暑い空気が肌に張りついてきた。

改札口を出たら、徒歩十五分の距離なのだが、暑さのせいでいつもの倍以上に感じられる。

マンションは、レジャー施設などのある大きめの公園をぐるっと外周した先にあるのだが、ちょっとでも涼を感じたくて、公園の木陰の道をショートカットすることにした。

木々の間からコンビニが見え隠れしており、アイスを買っていこうか、と思いつく。

五分くらい歩いただろうか。人気《ひとけ》の少ない木陰の合間に、二人の男性が小さな声で会話をしているのが聞こえた。

(なんだろう？　こんなところで密会？)

具体的な言葉は聞こえてこない。新緑の生い茂った森の中、風に葉が揺れるざわついた音が、彼らの言葉を外野から遮っていた。

まるで俄《にわ》かに逢瀬《おうせ》を楽しむ恋人のようだと思うと、途端に興味が湧いた。

彼らも千映たちと同様に同性の恋人同士なのかもしれない。今どきの恋人たちはどんな会話をするのだろう。そんな好奇心をくすぐられる。

少し近づいてみたとき、千映は二人のうちひとりの男の姿を目にして、思わず言葉を失った。

「うそ……」

柊木がそこにいたのだ。

千映は目を疑ったが、彼ほどの人を見間違えることなどありえない。

あれは絶対に柊木だ。彼が向かいあっている小柄の線の細い青年は、いったい誰なのだろう。

千映は次の瞬間、ここへ来たことを後悔した。

青年が涙を浮かべながら、柊木の胸に飛び込んだのだ。

柊木は青年の肩をやさしく抱き寄せ、愛おしそうに頭を撫でた。

(嘘だろ……なんで……)

千映はショックのあまりその場に立ちすくみ、一歩も動けなくなってしまった。

早く、早く、この場から逃げてしまいたいのに、足がその先に進まない。

それどころか、天地が逆さになるかのような眩暈に襲われ、その場で情けなくも尻もちをついてしまったのだった。

「っ……」

衝撃を受けた弾みに、声が漏れてしまった。なんとか痛みを押し殺して身体を起こそうとしたとき、柊木と青年がこちらを見ていることに気付いた。

「千映……くん？」

万事休す。見つかってしまった。

やはり柊木に間違いなかった。青年は戸惑うような瞳で千映を見下ろし、柊木から離れる。

なんてかっこわるいのだろう。こんな場面で尻もちをついているとか。間が悪いにも程がある。もう今すぐにも消えてしまいたい。

「す、すみません。けっして盗み聞きをしたわけじゃなくって、この道を通って帰ろうと思ってたんです。もちろん……風と葉っぱの音がざわざわしていたから、何も会話は聞いていません。あの、安心してください」

あわあわと言い訳をしながら、こちらを見ている小動物のような青年の視線にいたたまれなくなり、柊木の申し訳なさそうな表情を見て、惨めな想いにもなる。

つまり、柊木には他に恋人がいたということだ。しかも自分よりも美しい青年と、こんなにも情熱的に寄り添って……どんな会話をしていたのだろう。

二人はいつもこうして逢瀬を繰り返していたのだろうか。誰にも見られないように内緒で、密会していたのだろうか。

あまりにも自分が哀れに思え、じわりと目頭が熱くなってきてしまった。

「俺は、いいんです。柊木さん……さえ、幸せでいてくれるなら……でも、言わないままコソコソされるはいやだ。ちゃんと言ってください。そしたら俺、荷物をまとめて今すぐにでも出て行きます」

「千映くん、待って、誤解しているよ」

柊木は思わずといったふうに、千映の方にやってくる。しかし、千映は一歩、身を引いた。

別の男を抱きしめた手で、触ってほしくなかったのだ。

腹の底から燃えるような激しい感情がこみ上げてくる。

「何が……誤解なんですか。俺、見ちゃったんですよ。二人が抱きあっているところを」

どうして、どうして……あなただけは違うと思ったのに。

そんなふうに責めたい気持ちと、それでも柊木を恋慕う気持ちがぶつかりあって、息ができなくなりそうだ。

やさしさも何もかも偽りだったのだろうか。勝手に自分の理想を押し付けていただけに過ぎないのだろうか。

でも、今までのことが嘘だなんて思えない。こんなふうに終わるのはいやだ。どうか違っていてほしい。

「ごまかさないでください。俺はそういうの、ちゃんと言ってくれた方が納得できます。ちゃんと好きな人と一緒になった方が、柊木さんだってきっと……」

「千映くん、聞いてくれないか。それが、誤解なんだ」

柊木が食い下がってくる。信じがたい想いで千映が目に涙をためながら押し黙っていると、青年のか細い声が、間に割って入った。

「あ、あの……ほんとうに違います、僕は、恋人ではありません。ご迷惑をおかけしたことをお詫びします。感極まってしまったんです、つい……でも、特別な気持ちはありませんから、どうか仲直りしてください。じゃないと、僕もどうしたらいいか」

「そうなんだよ、千映くん。私たちは……色々過去のことで話をしていたんだ」

おろおろしていた青年も、うんうんと頷く。

「過去のことって……？」

千映が不安な面持ちで尋ねると、柊木は言葉を詰まらせ、青年は俯いた。

「いずれ、君にも話そうと思っていた。だが、もう少し、時間をくれるかい？　ごめん……色々整理したいことがあるんだ」

「……わかりました」

納得はいかなかったが、謝られてしまったら、今はそう返事をするほかない。

「そういうわけだから、真琴《まこと》、すまないな。送るのはここまでにさせてほしい」

柊木が青年に声をかけると、真琴と呼ばれた青年はううんと首を横に振った。名前がわかってしまうとなおさらリアルに感じられて、無数の針が胸の中に降り注いでくるような気分だった。

「大丈夫だよ。話を聞いてくれてありがとう」

「ああ。くれぐれも……元気でな」

青年はぺこりと千映の方にも頭を下げる。千映も同じように頭を下げた。

横にいる柊木をそろりと見上げてみると、柊木は青年を見送りながら、なんだか後ろ髪を引かれるような表情を浮かべていた。

「それじゃあ……にいさん」

夕陽に飲まれて去っていく彼が、手を大きく振った。

え？　今、なんて言った？

「にい……さん？」

混乱していてもうわけがわからなかった。青年は今さっき、たしかに柊木のことをそう呼んだ。でも、弟ならば、さっきの抱擁と涙はなんだったのだろう。どう説明がつくというのだろう。

「あの人は……弟さん、なんですか？」

簡単にはいかない事情があるような、不安な気持ちがこみ上げてきた。

「そうなんだ。血の繋がりはないんだけどね。そういえば、ちょうど君と同じ年になったんだな」

なんだ、そうだったんだと、そこで納得できたらどれほどよかったことだろう。

しかし色々と引っかかることがある。

何より、千映はさっきの柊木の表情を見てわかってしまった。

さっきの青年こそが、柊木の愛した人なのではないか。

そうでなければ、こんなにもせつない顔をして、あの青年を見送るわけがない。

血の繋がりがないということは……大人の彼らには恋をする権利があるはずだ。

「さて、千映くん、一緒に帰ろうか。私も今日はスケジュールのオフをもらってあるんだ」

頭を撫でられそうになったとき、千映はとっさに離れてしまった。

宙に浮いた柊木の手は、自らの髪をかきあげる仕草に変わる。

「ごめん……なさい。その、勝手に誤解してしまって……」

「どうして、君が謝るの。悪いのは私の方だよ。心配させたことを許してほしい」

柊木は真摯に見つめてくる。もう一度そっと千映の頬に触れて、震えている唇をなだめるようになぞり、キスしたそうに見つめていた。

きっと、千映が歩み寄れば、柊木はキスしてくれたのだろう。

いつものようにやさしく、そして熱っぽく。そうして仲直りしたかったのだろう。でも、そうやってなかったことのようにごまかされたくなかった。

「周りに……見られると、困りますよ」

千映はとっさに言って、俯いた。

「そうだったね。家に帰ろうか」

柊木はおだやかな声でそう言い、千映の一歩先を歩き出した。

ああ、やってしまった。拗ねたりなんかして、大人げないことをした。可愛げのないことをしてしまった。

千映は柊木の影を追いながら、ものすごい罪悪感に襲われていた。

でも、あの青年と一緒だと思われたくなかった。さっきの反抗は、千映なりのせめてものプライドだったのだ。

柊木だって身体に支障が出るほどたくさん傷ついて生きてきたことだろう。過去に特別な何かがあったに違いない。

血の繋がりのない弟との逢瀬。愛しそうに抱きしめていた背中。そしてせつなそうに見送っていた横顔。

それらが断片的に千映の脳裏に蘇ってきて、刃《やいば》の雨が心の中に降り注がれる。

すべてを知りたい。彼の今の想いがどこにあるのか、きちんと感じていたい。

でも柊木は待ってほしいと言った。それなら待つしかないだろう。千映だって大事に思っている柊木のことを、自分の身勝手な感情で苦しめたいだなんて思わない。

そんなふうに考えてからハッとした。

ああ、俺はいつの間にか……この人のことをこんなにも愛していたんだ。

憧れや好きだという気持ちはあった。しかし、今はそれをとっくに凌駕《りょうが》している。

手放したくないと思うほど、大切になっていたんだ。そう思い知らされた。

＊＊＊

煩悶《はんもん》を繰り返しながら、マンションの部屋にたどり着いたあと、リビングで上着を脱ごうとした柊木の胸に、千映は引き止めるように思いきり抱きついた。

「柊木さん……キスしたい」

「千映くん、どうし……」

どうしたの、と尋ねられる前に、千映は柊木のネクタイをぐいっと引っ張って、ねだるように唇を奪った。

「さっきのこと、怒ってるんだね？　寂しくさせてしまった？」

千映は首を横に振る。

違う、違う、そんなんじゃない。そんな生ぬるいものじゃない。もっと激しく黒い感情が燃えている。千映の腹の中でぐつぐつと沸騰して、煮えたぎっているのだ。

「キス、して……」

千映は再びねだった。

「……わかった、してあげるよ。君が欲しいままに」

いつも柊木は大人だ。そうやって上手にあしらう。わかっていても悔しい。

柊木は、千映の顎を持ち上げるように手を添え、それから上から覆いかぶさるように深く唇を吸った。

「ん、……ん、ぅん」

不器用にたどたどしく舌を絡める千映に合わせて、丁寧なキスをしてくれた。

こんなときでもやさしく応じてくれる柊木に、もっともっとわがままをぶつけたくなってくる。

いっそのこと嫌われてしまったら楽なのに。この胸の中の燻《くすぶ》りはどうしたら晴れるのだろう。

千映は勢い余って、柊木に体当たりするように抱きついた。不意を突かれた柊木が、ソファに腰を落とす。

「……キスだけじゃ、俺、もう足りない」

そのまま彼をソファにずるずると押し倒すような格好で最終的に見下ろすと、千映は柊木のネクタイをほどきながら、首筋にちゅ、ちゅっと音を立ててキスをした。

この肌の匂いが好き。喉ぼとけの形が好き。程よく厚みがあって形のいい唇も、彫りの深さも、眼差しも――。

「ん……」

白いシャツのボタンを外しながら、逞しい胸筋に指を這わせていく。

「千映くん……私のことをどうするつもりだい？」

千映はなんと答えていいかわからずに、柊木の胸にキスをした。胸の先端の粒も、千映のものとは違って、凛々《りり》しい形をしている。

鍛えられて割れた腹筋にも舌を這わせ、それからだんだんと下肢に下りていき、ズボンのベルトを外す。

ひどく興奮した。自分が柊木をリードして愛撫している状態に。柊木はしばらく様子を見ようと思っているのだろう。千映の好きなようにさせてくれた。

頭に血が昇りすぎて、自分でも何をどうしたいのかわかっていない。ただ、本能のままに彼に想いをぶつけたかった。

「俺に、もっと触らせて、柊木さんの……」

下着の上から手を這わせてみると、柊木の屹立がびくびくと脈を打っているのが伝わってきた。

「あ、……すごく膨らんで、硬い……」

「君が、一生懸命してくれるからだよ」

「もっと……気持ちよくさせたい。俺に、させてほしい」

下着から逞しい分身を露《あら》わにし、千映はおもねるような視線を向けつつ、柊木の硬くなったそれを口に含んだ。

「ん、……ん、……」

柊木の形になりつつあった屹立を根元から握った。千映のものとは比べものにならない質量を持つそれに、ぺろりと舌を這わせてみた。

千映が男根をさするように触って、先端に吸いつくと、ぴくりと反応をくれる。舌を這わせるにつれ、天を仰ぐように勃ち上がり、柊木は千映の髪を撫でながら、時折、感じ入ったように吐息を漏らす。

悦に入ったような柊木の表情が視界に飛び込んできて、千映は自身の先端から蜜が滴るのを感じていた。柊木は呼吸を乱し、もどかしそうに千映の髪を梳《す》く。

「っく、……千映……」

ちゅ、ちゅぱっと……淫猥な音が響き、それがまた耳を刺激し、千映の身体を熱くさせる。徐々に柊木は硬さを増しつつあった。

「とても上手だよ、千映くん……」

「……ふ、んん、ほんと……?」

「ああ」

あれから柊木はだいぶ復調している。硬くなったまま保つようになったし、感じれば先端から透明な露がこぼれだすのだ。

舌や手で触れるところが、血管の脈を浮き上がらせていて、彼が感じてくれていることが伝わってくる。それが嬉しい。

「ん、ん、きもちいい？」

「……うん、気持ちいいよ」

嬉しい。もっと気持ちよくなってほしい。もっと余裕を崩してほしい。

俺の前だけで見せる顔がもっと見たい――千映は必死に柊木のものを咥《くわ》え、キスの嵐を降らせた。

「は、……そんなに、飢えた顔をして……」

柊木は僅かに、身動《みじろ》ぎをする。

「千映くんが、こんなに積極的なのは……さっきの弟とのことを気にしているからかい？」

それまで黙って言うとおりにさせてくれていた柊木が、千映の唇から自身を外して、艶々と唾液で濡れているところを眺めながら、ため息をつく。

言い当てられた千映は、唇を噛んだ。

柊木が情けの目で千映を見る。それが千映にはたまらなかった。

「……違う。言わないで。だって、その気にさせるのが、俺の役目だって言ったでしょ」

手で唇で舌で、愛そうとする千映にストップをかけ、柊木は憤ったような声を出した。

「それを言うなら、君を気持ちよくさせるのは、私の役割だ」

柊木はそう言い、千映の腕をぐいっと強引に引っ張ったかとおもいきや、千映を開脚させて腰のあたりにまたがせ、もう既に天を向くほど張りつめていた千映の股間のものを大きな手で包み込んだ。

「う、あっ……あっ！」

不意打ちで握られ、それだけで達してしまいそうな激しい興悦に、腰がくねくねと揺れた。

「我慢していたんだね。こんなになるぐらい」

「あ、あっ……」

千映の先端からはいやらしい蜜がこぼれ落ち、柊木の腹筋を汚していた。

「ここも見せてごらん」

柊木はそう言いながら、千映のシャツの下へと手を這わせ、指先で胸の先をまさぐる。

「んん、っ……」

うっすらとピンクに粟立つ粒を、柊木が指で摘んだり、押し潰したりする。

「ひゃぅっ……」

「今度、男用の黒いブラジャーをつけて、ここを見せつけてごらん」

言いながら、柊木はぎゅっとそこを引っ張った。

「ん、あ、あっ！　そんな、今度……なんて……」

はぁはぁと喘《あえ》ぐ呼吸の合間に抗議すると、柊木の嗜虐的な瞳に捉えられた。

「約束をしたことは守らないと、お仕置きするよ。もっとも、君はされるのが好きだね？　私の上に乗って、いやらしいものを揺らしているんだから」

柊木はそう言い、千映の根元から先端にかけて形を確かめるように手のひらに包みこみ、上下にいやらしく揺さぶった。

「あ、あん、やっ……そんな、ずるいっ」

千映は感じるあまりに背を反らし、強すぎる愉悦から逃れようとした。

すると、柊木は千映の濡れた先端の割れ目に指をくりくりとあてがい、いたずらするようにわざとやさしく、そして強弱をつけ、弄《いじ》った。

「狡いかもしれないな。でも、君だって狡いよ。可愛い顔をしているくせに、油断した隙を狙って、襲ってきたんだから」

そう言うと、柊木は腹筋を使って起き上がり、千映の唇を舌で舐めた。

「もっと感じさせてあげるから、四つん這いになってごらん」

ということは柊木がうしろから千映の丸裸を眺めることになる。恥ずかしかったが、感じさせてあげるという言葉の誘惑には打ち勝てず、されるままにお尻を突き出す。

すると、柊木はうしろから覆いかぶさるように抱きついてきた。

顎だけをうしろにいる彼に向けさせられ、唇を吸われる。

「んぅ……っ、は、ぅ……」

キスに夢中になる隙を与えまいと、熱い手のひらが、千映の猛々《たけだけ》しく膨れ上がった分身をさっきよりも強く、こすり上げはじめた。そんなにされたら出てしまう。千映の下腹部にぎゅっと力が入った。

「あ、んんっ……っ」

貪るようなキスは、獣に奪われているのではないかと錯覚するほど激しくて、そのまま溺れてしまいそうになる。

できることならば、ずっとこのまま二人で気持ちいいことをしていたい。

互いに溶けあって、ひとつになってしまいたい。こんなふうに想っていると知られたら、女々しいと罵られるだろうか。

「ん、あっあっん、だめっ……出るっ……ソファ、汚れちゃうッ」

あまりの愉悦に、千映は泣きながら叫んだ。腰はそれでも気持ちよくて揺れてしまうのが止められない。

「いいさ。毎日、君の匂いがついたソファで寛げるなんて幸せだ」

柄にもなくそんなことを言う柊木に、千映こそ興奮してしまうのだから、互いにおかしいと思う。

「……何それ、そん……なのっ、変態みたいだ」

言いながらも、先端から滴が噴きこぼれてゆく。もうほんとうにいつ絶頂に昇りつめるかもわからなかった。

「君が……それを言う？　ほら、イってごらん。たくさん出していいから」

柊木の熱い手が、よりいっそう快楽を引き出そうと根元から先端までを上下に扱きはじめた。それまでなんとか我慢していたが、もう限界だった。

落雷にでもあったかと錯覚するほどに強い衝撃に打たれ、ぶるりと身体を震わせた。

「あ、あ、っ……やだっ……も、イくっ……ふ、ぁぁっ……出るっ」

つま先がぴんと張り、背中は弓なりに反り、がくがくと腰が揺れた。

柊木に握られたまま、びゅく、びゅくっと何度も、何度も、白濁した精が迸り、ソファを汚した。

頭が真っ白になって、何も考えられなくなるぐらい気持ちいい。でも、同時に狂おしいほどせつなくて、もどかしくてたまらない。

孔口がひくんと痙攣《けいれん》したのを、千映は感じていた。

ここに欲しい。柊木のものでいっぱいにしてほしい。空洞を、寂しさを、すべて埋めてほしい。

「……はぁ、……柊木さん、好き……すき……」

柊木のことを考えたら「欲しい」と言ってはいけないのはわかっている。でも、言わずにいられなかった。

「挿《い》れて、柊木さんの欲しいよ。ちゃんと……ひとつになりたい」

ほとんど無意識の欲求だったと思う。

柊木が辛そうに覆いかぶさってきて、千映の昂りを熱い手で激しく扱いた。

「ふ、ぁっあっ……もう、手じゃ、いやっだ」

「千映くん、……我慢して。気持ちよくさせてあげるから、ほら、私のを感じるだろう？」

太腿の間にくぐらせられた柊木のものが熱く脈動を打っているのを感じる。

いわゆる素股といわれる状態で、抜き差しを繰り返しながら臀部《でんぶ》がリズミカルに打ちつけられる。

「想像してごらん。まだ、完全じゃないから、君の奥には挿れてあげられないけど、こうして一緒に気持ちよくなることはできるんだよ。私をこんなふうに変えたのは君なんだ。責任を持って……イかせてくれ」

欲情した柊木の声が鼓膜に届くと、ぞくぞくっと腰が戦慄いた。

「あ、あん、……はぁ、あっ……」

「……くっ……はぁ、……っ」

互いに絶頂感から逃れるように、いつまでも愉悦を感じられるように、柊木は自身を千映の腿にこすりつけながら、千映は柊木の手に握られながら、じわじわと迫ってくる荒波にもまれるように何度も息を吐いた。

「あ、ぁっ……もうっ……」

「ああ、私も一緒だ。イくよ」

淫らな打擲音《ちょうちゃくおん》が部屋中に響きわたる。ぬるぬるとした体液にまみれた自身がさらに硬く張りつめ、痛いぐらいに脈を打っている。

柊木のそこは十分な硬さになりつつあり、やっと達することができるようになったようだ。

そんな喜びを感じる間もなく、千映の頭の中は真っ白に染まり、今日何度目かわからない絶頂感に追い立てられた。

そして想いの丈を爆発させるかのように勢いに任せて吐精した。

久しぶりに昇りつめたらしい柊木は、せつなそうに息を切らしつつ、一度逆っただけでは足らず二度、三度、放出してようやく落ち着いたらしかった。

憑《つ》かれたようにセックスに没頭して、どのくらいの時間が経過していたのか、ようやく煩悩から解放されたのはいいが、あまりにも激しく本能のままに振る舞ったせいで、くったりと動けなくなってしまった。

互いの汗と体液が混じった匂いがする。それが今しがた交わっていた証に思えて、胸の奥がきゅっと絞られるように痛くなった。

このなんともいえない満たされた気持ちのまま、二人でずっと揺蕩《たゆた》っていたい。

好きな人の腕に抱かれていると自分が自分であってもいいのだと赦《ゆる》されているような気がしてホッとする。

なのに、どうしてこんなにも悲しいのだろう。千映の瞳からは涙が溢れていた。

＊＊＊

ひとしきり身体を重ねあい、互いの身体を拭きあったあと、柊木は華奢な千映をそっと抱きしめた。

彼の瞳から一粒の滴が流れていた。

こんなに可愛い彼のことを、私は傷つけてしまったかもしれない。

行為が終わったあと、柊木は罪悪感と後悔に苛まれていた。

千映はいつも謙虚で、あまり普段はわがままを言わない。あんなに必死に縋りついて欲しがるのは初めてだった。

自分のせいで千映が思いつめてしまっているなら、早急に不安を取り除いてやらなければならない。どうすればいいだろうか。何から説明をすべきなのだろうか。言い訳にはならないだろうか。これ以上に彼を傷つけることにはならないだろうか。

柊木はあれこれ思案していた。

「柊木、さん……」

甘えた声で身を寄せてきて、とろんとした千映の誘惑の眼差しを見ると、胸の奥が焦がれそうな程熱くなる。

彼の場合は狙ってやっているわけじゃないから、たちが悪いのだ。

彼を大切にしたいと思う一方で、何度取り乱す程めちゃくちゃに穢したいと思ったか。

大切にしたい。過去の恋のように脆《もろ》く壊れるものではなく、しっかりとした絆《きずな》を築きたい。柊木はそう思っている。

長くゆったりとしたキスをしたあとで、柊木は千映の髪を撫でながら、静かに口を開いた。

「大事な話をしてもいいかな？」

告げた途端、千映が不安そうな目を向けてきた。そんな顔をさせてしまったことをすまなく思う。

「私がこういう体質になってしまったきっかけの話から遡って知ってほしいんだ」

柊木は千映の顔を見つめながら、血の繋がらない弟と一緒にいたこと、公園で目撃されてしまったときのことを心の中で振り返った。

千映はこくりと頷いた。だが同時に緊張に身を包んでいるようでもあった。

柊木は五年前のことを思い返しながら、言葉を選びつつ話を続けた。

「誤解だ、と帰り際に言ったね」

「……はい」

「私は……弟に恋心を抱いていた。君が案じていたようにね」

やっぱり、とショックを受けた顔をする千映を見るのが辛い。だが、彼にはちゃんと知っていてもらわなくてはならない。

「過去の話をするよ。私と弟は血が繋がっていないと言っただろう？　私は、柊木家当主の前妻の連れ子で、弟の真琴は後妻の子なんだ。真琴は正式な柊木の後継者という立場にあり、家同士が決めた許嫁《いいなずけ》がいた。幼なじみの良家のお嬢さんで、二十歳《はたち》になったときに正式に婚約する手筈《てはず》だった」

……そう、裕福ではあったが、けっして居心地のよくない家庭環境で、しかし兄弟は仲がよく、柊木と真琴は互いを心の拠り所《よどころ》にしていた。

いずれ真琴が後継者となるのであれば、柊木は義兄として支えようと思っていた。

胸に灯るかすかな恋は、弟が正式に婚約を交わした姿を見守ることで、静かに終わらせようと思っていた。

だが、そう簡単にいくものではなかった。

「今から五年前の夏の日、結納前の顔合わせのときのことだった。真琴から私のことを想っていると告白された。私もまた弟のことが好きだった。だが、秘めたまま弟のことを兄として見守っているつもりだったし、そのとおりに告げたんだ。そして、互いにこの先も秘めたままでいようと誓った。そのとき、彼女に話を聞かれてしまったんだ」

今でも彼女の凍りついた表情は忘れられない。怒りや悲しみではない、そこにあったのは侮蔑と憐《あわ》れみだった。

「このことは黙っておきます、と彼女は言った。だが、真琴はもう嘘をつきとおせないと思ったんだろう。その場で、正直に男性しか愛せないという事実を告白し、婚約の話を白紙にしてほしいと頼んだ。しかし彼女は弟を愛していた。諦めなかったんだ。口論になった末、彼女は外に飛び出していった。そこへ車が……」

柊木は目を伏せた。

真琴と共に駆けつけたときには遅かった。彼女は車に撥《は》ねられ、重傷を負った。

血にまみれた彼女のことを思い返すと、今でも顔が青ざめ、指先が冷えていくのを感じ、あの過呼吸発作が起こりそうになる。

そうだ。思い起こせば、体調がおかしくなったのはあのときからだった。

「……彼女は？」

千映はおそるおそるといったふうに尋ねてきた。

「重症は負ったが、なんとか大事には至らなかった。しばらくリハビリをしなければならなくなったが……」

「でも、よかった……命は助かったんですね」

千映はホッとしたように胸を撫で下ろした。まさにあの日、柊木がそうしていたように。万が一にも彼女が亡くなってしまっていたら、今ここに柊木はいなかっただろう。

「すべては私の責任だ」

「……そんな。柊木さんは弟さんと婚約者のことを想って、忘れようとしていたんでしょう」

「ああ、そうだ。だが、弟から想いを告げられたとき、一瞬でも互いが通じあうことを望んでしまったんだよ。そのことがきっかけで弟と彼女は口論となり、事故は起こった。だから、私に十分大きな責任がある」

弟を愛するがゆえに起きた事故だ。たとえ想いを告げられたとしても、知らないふりをしていればよかったのに、どこかで甘んじようとした気持ちがあったのだと思う。

結局、その一瞬の告白のせいで、誰もが傷つくことになってしまったのだから。

「弟は自分を責めた。彼女の両親にはさんざん詰《なじ》られてね。でも、彼女はそれでも弟を離さなかったんだよ。わざと飛び出して気を引こうと思ったから、自分のせいだと言ったんだ。彼女の想いに打たれ、ますます弟は責任を感じたようでね。リハビリを終えたら、正式にプロポーズすることを約束した。その翌年……彼らは周りから望まれるままに結婚したんだよ」

柊木は心の中で祈っていた。今度こそ何事もなく真琴が彼女と幸せでいられますようにと。その一方で、苦しそうに自分を見つめる真琴の秘めた想いをどう捉えればいいものかわからなかった。

「そのあとは、どうしていたんですか？　結婚したとしても、彼女は事実を知っているわけですよね……」

「女性はしたたかだと思うよ。もちろんよい意味でね。子どもさえできればそれでいい。奥方という立場にいさせてくれれば、あとは好きにすればいいと言ったそうだよ。そうまでしても、真琴を愛し、離したくないと思っていたんだろう」

「弟さんは……どんなふうに捉えていたんですか。二人は……」

「私は絶縁を考えていた。そもそも前妻の連れ子である私には相続権はない。亡くなった前当主が世襲制の徹底を望んだため、養子縁組もしなかったんだ。いつ私が家を出ていっても問題はなかったし、私の存在がいつまでも真琴のそばにあっては誰のためにもならないと思ったんだ」

当主に申し出られたときは驚いた。連れ子だったにも拘《かかわ》らず、亡くなった母への愛情ゆえか、いくらかでも大事には思われていたようだった。それが唯一の救いだった。

当主は母名義にしていたウィスタリアホテルを柊木に託してくれた。いずれは経営権を任せてもらえるようになるだろう。

柊木はそれを足枷《あしかせ》にして、真琴への想いを封印しようと思った。

「……そうして黙ったままいなくなろうとした私に、真琴は最後に抱いてほしいと言った。私たちは最初で最後、結ばれようとしていた。——だが、できなかったんだよ。私の方の障害でね」

「じゃあ、それからずっと？」

「ああ、きっと報いだったのだと思う。五年前のことは、ほんとうに不幸な話だった。私さえいなければ真琴は道に迷わずに、彼女も大怪我《おおけが》をせずに済んだはずだった。家を出ても仕事に没頭しても、私の時間だけが止まったままだった。弟はちゃんと家庭を築き前を向きはじめたというのにね。私はほんとうに情けなくてならなかったよ」

柊木は自分を責めるように言って拳を握りしめた。それから、まっすぐに千映の方を見る。

「誰かを愛することをやめようと思った。寂しいと思うことも、触れあいたいと思うことも、すべてに蓋にすべきだと思った」

すべての事情を話し終えたあと、二人の間にしばし沈黙が横たわった。

「そんなこと……言わないでください。不幸だったかもしれないけど、だって、弟さんは幸せになれたんでしょう？　柊木さんだってもう幸せになったっていいんですよ。誰かに触れたいとか、寂しいって思うことだって、愛し愛されたいと願うことだって、当然の感情なんです」

「千映くん……」

「もしも誰かが許さなくても、俺が許します。だから……そんな顔しないでください」

必死にしがみついてくる千映が愛おしくて、柊木は思わず目を細めて彼を眺めてしまう。

もう自分のような者を愛してくれる人は今後現れないのではないかと思う。そして自分も誰かを愛せるような自信もなかった。

千映への想いを自覚し、居心地のよさを知ってしまった今はもう、彼を手放したいとも思えない。

誰が許してくれなくても、白い目で見られようとも、千映のことだけは離したくないと思う。

「君は忘れているんだね、公園で自分の言ったことを。荷物をまとめて出て行くんじゃなかったのかい？　やきもちを妬いてくれたってことでいいのかな？」

「そ、それは」

途端に、千映は口ごもった。

柊木は弟に打ち明けられたときのことを思い返しながら話を続けた。

「弟はね、ちゃんと妻となった彼女を愛しているよ。今ではね。あの公園で、弟の懺悔《ざんげ》を……私は聞いたんだ。夫人が懐妊したという報《しら》せをもらってね」

「……じゃあ、それで二人は会っていたんですか」

拍子抜けしたような顔で、千映は言った。

「ああ、そうだ。それを君に見られてしまったものだから……参ったよ。あれほど妬かれて、求められて、どうしてやったらいいものかと思った」

身体を重ねたときのことを思いだしたのか、千映の顔がみるみるうちに赤くなっていく。ほんとうに可愛い子だ。

「で、でも、俺が見ていなくても、あの場面は変わらなかったはずです」

拗ねたように彼は言う。その声のトーンですら柊木には可愛く思えてならなかった。思わず破顔する。

「ほら、そういうことじゃないか。やきもち、妬いてくれたんだろう？」

追及すると、千映は観念したらしく、開き直ったように問い返してきた。

「そ、そうですよ。だめですか？」

「いや、嬉しいよ」

そう、心から嬉しい。彼が欲してくれることが。互いを求めあえる関係でいられることが。二人一緒にいられる今が、幸せだと思う。

「自信を持っていてくれないか。私は、誰より君のことが好きなんだよ。過去には色々あった。だからこそ、君のことを大事にしたいと思ってるんだ」

心から、柊木は想いを伝える。

「……柊木さん」

「私がこんなふうにおだやかに話せるのも、君が私のことを大切に想ってくれたからだね」

「俺は何もしてません。ひとりで勘違いして、あんなふうに……ごめんなさい」

「今日はもう、お預けだよ。でも、今度はもう容赦はしないから」

柊木は千映を見てくすりと笑ってから、彼の唇をそっと奪う。

「私は次こそ……君を抱くよ」

まっすぐに目を見て宣言すると、千映は瞳を熱っぽく揺らした。今にも涙がこぼれそうな彼に、柊木は何度でも愛を囁く。

「君のことが、大好きだ」

千映はきっと知らないだろう。先ほどまでどれほど、彼の中をかき乱して深く、強く貫きたいという衝動があったことか。

しかしなし崩しに抱くのではなく、きちんと大切に彼を抱きたかった。だから我慢して最後までしなかったのだ。

でも、もう次は抑えられる自信はない。隅々まで彼を愛し、互いの身をひとつに結びあいたいと心から思う。

「君を私のものにしていいね？」

傲慢にも問いかけると、千映は瞳を潤ませて、「はい」と頷き、気が抜けたように柊木の胸に額を預けた。

「……それじゃあ俺、これからもずっと一緒にいていいんですね」

「当たり前じゃないか。そうでなくちゃ困るよ」

柊木は千映の華奢な身体を、壊してしまわないように大切に抱きしめる。いつか自分の手でやさしく拓《ひら》いて愛するその日まで、大切に。

＊＊＊

柊木に過去を打ち明けられてから、千映はますます柊木のことを愛しく思った。

彼が幸せを感じてくれるのなら、どんなようにでも尽くしてあげたい。そんなふうに日々恋しさは募るばかりだ。

件《くだん》のコンペ用のデザイン案は無事に提出を終え、〆切後に行われた初回の選定会の話を柊木に聞いたところ、千映の案はなかなかの好感触だったらしい。

柊木自身も素晴らしいデザインだと太鼓判を押してくれており、このまま最終選定会でなんとか採用の方向で動けたらいいな、と励ましてもくれた。

そうしているうちに夏は過ぎ去り、暑さの名残はあるものの、次第に青空にはうろこ雲が並び、至るところで秋桜《コスモス》が揺れるようになった。

そんなある日のこと——。

久しぶりに一樹に呼び出された。用件は司法試験の結果発表に、一緒に来てほしいということだった。

さすがの千映も一樹の魂胆はわかっていた。受かったら祝ってほしいし、落ちたら慰めてほしいということだろう。

こっちも就職先を見つけないといけないから忙しいと言って断ったら、オレオレ詐欺の次は無言電話のいたずらをはじめたから本当に困った。

「最初に言っておくよ。一樹の一生の頼みは、もう聞いたからな」

千映は待ち合わせした駅についてすぐ、一樹にそう宣言した。

「そんなに怒らないでよ~千映くん。旧友が弁護士になれるかどうかの瀬戸際、知りたいでしょ？　きっと将来役に立つよ？　俺を味方にしておいた方が得だよ」

「こんな落ち着きのない弁護士には頼まない」

さらっと言い返すと、一樹はがっくりと肩を落とした。

でもやっぱり一樹はこころなしか緊張しているようで、それが落ち着きのなさを倍増させているのだとも思う。

「大丈夫だよ、きっと。たくさん勉強してきたんだろ」

「うんうん、そう言ってもらえると勇気が出るよ」

一樹がたちまち頬を紅潮させ、ハグしようとするので、千映はさっと避けた。

どっちかというと受かってもらった方がいい。慰めるために付き合わされる方がずっとめんどくさそうだ。

以前に自分も元同僚の森山に慰めてもらったことがあるので大きな声では言えないが。

（……ほんとう絡み酒だったもんな。森山には感謝しないと……）

千映は苦笑しつつ、そういえば、とアモロッソの支配人の顔を思い浮かべた。

「試験が終わったあとも、ずっと勉強続きだったんだって？　支配人からピンチヒッター頼まれてくれないかって電話が来たよ」

「え、マジで？　聞いてないな、それ」

一樹がほんとうに驚いた顔をする。そう、実は一樹から連絡がある二週間ほど前に、支配人の岡崎から様子見かたがた電話をもらったのだ。

今思えば、一樹から連絡がある前触れだったんだろうな、と思う。

「コンシェルジュはもうできないでしょ。千映くんはＶＩＰ客に身請けしてもらった、人妻だもんなあ」

「っ……その言い方、やめてくれない？」

千映が真っ赤になって抗議すると、「ほんとうのことだろ？」と一樹は開き直ったあと、こっちだよと路地裏を指した。

「いい近道なんだ、ここ。十分ぐらい短縮できるよ」

ビルとビルの谷間になっているから、昼間でも陽の光が届かなくて暗い。夜は絶対に怖いだろうと思う場所だ。人気はなく、千映と一樹の足音がビルに反射して響いている。

「で、本当のとこどうなの？　うまくやってるの？　柊木さんと」

ちらっと様子を窺うように一樹に聞かれ、千映は顔が熱くなっていくのを感じた。

「うん……まあ、うん」

「なんだよー表情で惚気《のろけ》てんなよ。やっぱり言わなくていいよ」

つまらなそうに一樹が言い、ぼそっと呟いた。

「ねえ、千映くん。もうちょっと違う出会い方してたら、俺にもチャンスがあったかな？」

「え？」

腕をぐっと引っ張られ、意表を突かれた千映はそのまま一樹の胸に飛び込んでしまう。その弾みで鼻をぶつけてしまい、目の奥がじんとした。

「ちょっ、まさか近道とか言って、こういうことするのが目的なんじゃないだろうな？」

前科が色々あるだけに、疑わしいことこの上ない。潤んだ瞳を向けてこられて、貞操の危機を感じた。

「……弱気になってるだけだよ。もーだめだ。慰めてよ」

抱きつきかねない一樹の顎を手のひらでなんとか防御する。

「今までがんばってきたんだろう？　まだ見てないうちからだめだとか言うなよ」

一樹をあやすのは疲れる。図体の大きな幼稚園児みたいだ。こいつの彼女ないし彼氏は大変だろうな、と心底思った。

「弁護士になってから出会いたかったたな。そしたらかっこいい俺を、千映くんに見せられたでしょ」

「わかった、わかったから、もういい加減に離れろよ」

千映は一樹の胸をぐいぐい押し返した。スポーツをやってただけあって結構なバカ力だ。引き離すのに骨が折れた。

「なんで俺じゃないの」

一樹の顔を見ると、寂しそうに目を伏せていた。

「一樹……本気で言ってる……のか？」

「俺が本気で言ったところで、取りあわないだろ？　だから、今日だって司法試験合格したら言うつもりだったんだ……って、ネタバラシしちゃったよ」

ははは、っと情けなく眉尻を下げる一樹を見て、千映は動揺するというよりあっけにとられてしまった。

「でも、俺、けっこう、いや、本気だよ。司法試験とおんなじくらい」

手首を掴まれて、不覚にもどきりとした。

前にも悪ふざけついでに好きだと言われたことはあるけど。

一樹がそんなに想ってくれているなんて知らなかった。でも……。

「ごめん。俺も、一樹の本気と同じぐらい、柊木さんのことが好きなんだ」

千映がはっきりと告げると、一樹は傷ついたような顔をして俯いた。冗談じゃないのなら本気で返さなくてはと思ったが、そんな表情を見てしまうといたたまれなくなる。

「一樹が嫌いなんじゃないよ。一応、今日だって見捨てないで来るぐらいの情はあるし、一応、友だちだって思ってるんだからな」

「一応、一応、って連呼しないでくれる？」

一樹が白々しいといったふうに見つめてくる。

「ごめん」

「いいよ。おかげで落ち込んだ。だから、これ以上の衝撃はない。発表を見て不合格でも傷つかない自信が湧いた」

「ほら、いつまでもうだうだしてないで、行こう」

一樹の手を引っ張って歩き出した、そのときだった。誰かの冷ややかな視線を感じ、反射的に身体に震えが走った。

「どうしたの？　千映くん」

「なんか今、見られてるような気がして……」

「え、見られてるって、誰に？」

おそらく見ていたのは、あの男だ。

千映の前に、悪意の表情を浮かべたひとりの男がゆっくりとした歩調で近づいてきた。

男は、千映の元恋人である江波だった。

まさか再びこの男に会うことになろうとは思いもしなかった。

千映は足が竦んで動けなくなってしまった。一樹が訝しんで顔を覗き込み、前方へと視線を動かす。

前方から近づいてきた江波は、路地裏からまさに出ようとしていた千映たちの前に立ち塞がった。

タイミングがよすぎる。まさかずっとつけ狙っていたんだろうか。

「……よお、千映。久しぶりだなぁ？　おまえ男がいるんじゃなかったか？　こんなとこで他の男をはべらして、いいご身分だなぁ。さすがド淫乱」

「……っあんたにそんなことを言われる筋合いはない」

「ちょ、千映くん、誰なの、この人……」

隣で一樹が困惑している。江波は煩わしそうに舌打ちをし、千映の胸倉を摑んだ。

「おまえだろ？　なんの……ことだ」

「リーク？　リークしやがったの」

忌々しげに表情を歪《ゆが》める江波を見て、千映はハッとした。

ウィスタリアホテルグループの案件の結果が出る頃ではなかっただろうか。きっと自信家の彼のことだ、不採用に納得がいかなかったに違いない。それを疑っているということなのか。

「とぼけるなよ。クライアントから全部、案件のお断りだ。おまえの仕業としか思えない」

江波が声を荒らげる。千映は眉を顰めた。

「俺は、そんなことしてない」

否定しつつも、柊木のことが思い浮かんだ。彼は何か知っているのだろうか。情報が漏れたとか？　そう仕向けたとか？　でも、千映の断りもなく、そんなことをするだろうか。

「っつーか、八つ当たりじゃないの？　それってさ～実力不足とは思わないの？」

黙っていられなくなったのか、一樹が口を挟んでくる。

「てめーは黙ってな！」

「そっちこそ、ギャンギャンと負け犬みたいに。さっきからあんた聞き捨てならないね。喧嘩《けんか》だったらよそでやろうよ。千映くんの代わりに俺が相手になってやるけど？」

案外一樹も喧嘩っぱやいのだ。江波の態度に苛ついたらしい。拳を鳴らし、威圧的に睨みつける。

千映は慌てて一樹の腕を引っ張った。

「一樹、やめろ。こんなところで騒ぎを起こしたら、司法試験をがんばってきたことが無駄になる！」

何年もかけてやってきたことが無駄になる。そんな想いをするのは自分だけでもうたくさんだ。

「へぇ？　司法試験だって、あったま悪そうなのにマジで？　なになに、検事？　弁護士？」

しまった、必死になるあまり、逆に余計なことを口走ってしまったと思った。卑劣なことを考える江波のことだ。なんでも利用できるものは利用しようとするだろう。自分が蒔《ま》いた種なのに、一樹まで巻き込まれては困る。

「江波さん、彼は無関係だ。絡むのはやめてください。言いたいことがあるなら、俺に言えばいいでしょう」

「ああ、そうだな。前におまえに言ったはずだ。余計なことをしたら、恥ずかしい写真を流してやるってな」

「……っ」

そうだった。たしかに江波はそう言った。あのとき、我を忘れて飛び出したまま、そんなことなど忘れていた。まだ江波は執着していたというのか。

「今、こいつの目の前で見せてやろうか」

「やめろよ、いやがってんだろうが！」

千映の代わりに、一樹が前に出る。だが、江波はその腕を振り払い、千映の目の前に立ちはだかった。

「千映、されたくなければ、おまえは俺のところに来い。クライアントにあれは狂言だったと詫びを入れろ。身体も奉仕してもらうぞ」

顎をぐっと摑まれ、指が喰い込む。

「おいっ！　おまえ何言ってるんだ。それは脅迫だぞ」

一樹が江波の腕を摑みかけたとき、突如、どこからか大勢の足音が聞こえてきて、それぞれがハッとする。路地の奥から黒いスーツに身を包んだ男たちがやってきたのだ。

まさか、江波がさし向けたのか、そんな絶望を抱いた矢先、うしろから誰かの手が伸びてきて、ぐいっと腕を引き寄せられた。

ひっと喉の奥が引き攣れる。

万事休すか、とパニックになりかけた千映は、その人物を目にして驚いた。

「柊木さん……！」

そう、千映の身体は、愛しい恋人である柊木の腕の中に囲われていたのだった。

「それ以上、私の恋人に言いがかりをつけるのなら、脅迫罪に問うことになるぞ」

今度は別方向から足音が聞こえてくる。秘書の中谷が、屈強そうな男たちを従えてやってきた。

男たちが江波を取り囲む。後方からも壁のように囲われ、江波は完全に袋のネズミ状態となった。

「くっ……」

江波は悔しそうにぎりぎりと唇を噛んだ。

「念のため、ボディガードを配備させていたんだ。ナイフのようなものを出しかねなかったからね」

「……っ！」

千映はショックのあまり言葉にならなかった。江波は肩を戦慄かせている。

よく見るとたしかにポケットに差し込まれた手には銀色に光るものが見える。まさか江波がそこまで考えていたのかと思うとぞっとする。

「これは……仕事で使った道具だ」

苦しい言い訳をする江波を、柊木は淡々と追いつめる。

「そんな心構えでデザイナーを続けていたのでは、いつかは身を滅ぼすことになるだろう。それが遅いか早いかの違いじゃないか」

「あんたは……偉そうに、何もんなんだ！」

「私はウィスタリアホテルグループの日本法人社長だ。創業一族トップからの指名で、いずれグループのＣＥＯに就任することが約束されている。君の数々の権利侵害に関し、処分を検討していたところだ。世間の横の繋がりを甘く見ないほうがいい」

柊木は淡々と説明し、江波をねめつけた。

「まさか……」

江波は戦慄を覚えたように怯んだ。柊木の地位や権力を見せつけられたからではない。千映ですらもぞくりとするくらいの、射殺せんばかりの視線だったからだ。隣にいた一樹も同じように息をのんだのがわかった。

「それを貸しなさい」

スマートフォンを取り上げようと、柊木が近づく。男たちに取り囲まれては江波も逃げ場がない。

「あんた、自分でさっき言ったのを忘れたのか。これだって立派な脅迫、だろうがっ」

江波が焦って後ずさる。

「そう言うことは、つまり君は新井千映を脅迫していたのを認めるということだね？」

柊木の表情は氷のように冷たく、彼の薄青色の瞳がよりいっそう酷薄そうに見える。

「データ元は？　誰かに譲渡したか？　クラウドに転送したり、ネットにアップロードしたりは？」

「してないっ。転送もしてない！　ここにあるデータだけだ」

「嘘をつけば命はないかもしれない……と思っておくことだ」

逃げ場がない江波は、さらに首を横に振って否定する。

「デザインの盗用に関しても、今ここで謝罪をしてもらおう。言葉では信用ならないからね、念書を書いてもらう。警察にも一連の状況を話し、被害届を出させてもらうよ」

「っ……警察」

一瞬にして、江波の顔から血の気が引いた。

「当然だろう。それだけのことをやったのだからね」

そう言い、柊木はそばに待機していた中谷の方へ顎をしゃくる。中谷はすぐに封書を柊木に渡した。

柊木はそれを江波に突き出した。

「いいか？　我々企業人にとって、優秀なデザイナーを潰されるのは我慢ならないことだ。上に立つものならば、下にいるものの蓋世《がいせい》の才を見つけたなら、出藍《しゅつらん》の誉れと思うべきだった」

さらに柊木は声を低くして言った。

「彼はうちのＶＩＰだ。傷つけようとする人間は放置しておけない。今後も邪魔をするようなことがあれば、ありとあらゆる手段を講じて、徹底的に排除させてもらうぞ」

柊木の気迫に、江波はぞくりとした表情を浮かべ、声を震わせた。

「……わ、わかったよ。だから、警察だけはやめてくれ。二度と関わらない。そう約束する！」

江波はようやくスマートフォンから画像や動画を消し、その場で念書を書いたのち、ボディガードたちに追い払われるようにして立ち去った。

ようやく緊張から解放され、千映はその場に崩れてしまいそうな気分だった。

「大丈夫かい？」

「……はい。すみません、なんかもう驚いて……あれっ」

よろめいた身体を、柊木が支えてくれた。

「……とんでもないやつだったな。千映くん、人がよすぎだし騙されすぎだよ。あれだったら俺の方が数千倍もいいのにさ」

一樹が憤慨したように言う。たしかに彼の言うとおりかもしれない。だが、さすがにいつものように突っ込む気力までは湧かなった。

「巻き込んでごめん。一緒に司法試験の合格発表見にいく前に……こんなことに」

千映が謝ると、一樹は首を横に振った。

「いや、なおさら俺は一日も早く弁護士になりたいと思ったよ。友だちの千映くんを守るためにもね」

「一樹……」

「ってことで、行ってくるよ。千映くんは、気をつけて帰って」

それじゃあ、と一樹は柊木にも頭を下げ、その場を立ち去った。

「友だち、か」

「え？」

「なんでもないよ。さあ、送っていくよ。帰ろう」

黒い車が停車してあり、秘書の中谷が中で待機していた。

千映は柊木に寄りかかりながら、車の後部座席に乗り込んだ。

そのとき柊木が何を考えていたか、千映はまだ気付いていなかった。


マンションに到着したあと、柊木と共に車から降りた千映は、あらためて中谷にも礼を述べた。

「今日は危ないところを助けていただき、ありがとうございました」

「いえ。私は社長に言われたとおりにしたまでですから」

中谷は相変わらずクールな忠犬体質である。それにしたって何事もそつなくこなす彼のことは尊敬する。

「社長、明日の予定ですが——」

中谷が柊木に言いかけると、柊木は思い立ったように言った。

「午前中の会議の予定を午後にずらしてくれないか。今回のコンペの件をしきり直してから会議に臨んだ方がいいだろう。それまで半日休みをもらいたい」

「かしこまりました。では、明日お迎えにあがります」

中谷は恭しく頭を下げる。それから車に乗り込むと、マンションのエントランスから走り去っていった。

「……君がなんともなくてよかった」

二人きりになってから、柊木は千映をそっと抱き寄せた。

千映はたまらなくなり、柊木の背広に指を喰い込ませる。

「……柊木さんが駆けつけてくれなかったら乱闘になっていたかもしれないし。まさか、あんなふうにされるとは思ってもいませんでした」

ナイフを忍ばせていた、ということを考えたらゾッとする。

「あのナイフは、脅す手段に使うつもりだっただけだろう。あの男にそこまでの覚悟も気概もない。きっちり念書を書かせたが、窮鼠《きゅうそ》猫を噛むということもあるし、万が一に備え、しばらくボディガードをつけたいと思っている」

「すみません。俺なんかのために……」

「いいね?」

意気消沈していると、柊木が千映の両肩を掴み、険しい表情で叱咤した。

「君はそういうところがわかってない。私にとって君はかけがえのない大切な人なんだ。護らせてほしい。そういうところは素直に甘えなさい」

「はい」

こういうところはやはり二十代そこそこの千映と違い、大人の貫禄が出るものなんだな、と惚《ほ》ればれする。と同時にそれほど心配をかけてしまったことが、やはり申し訳なかった。

……とそこへ、メールの着信音が鳴った。

千映はポケットに仕舞ってあったスマートフォンの液晶画面をタップし、メールを確認する。差し出し人は一樹だった。

ピースサイン、そして合格マークのアイコンと共に合格発表の前で撮られた画像が載せられていた。

「一樹、合格したんだ！」

何度も挑戦してもだめだったから今回も自信がないと言っていたし、合格発表を見にいくのすら躊《ため》躇《ら》っていた彼だ。さぞ嬉しいことだろう。

千映もまた自分のことのように喜んでいると、突然、横合いからスマートフォンを取り上げられた。

「あっ」

いったい何が起きたのかと思いきや、強引に唇を奪われてしまい、目が白黒となる。

「……っ……!?」

千映が驚いていることに構いもせず、柊木は唇を何度も艶めかしく啄んでくる。

あまりにも熱っぽく求めてくるから、だんだんと妙な気分になってきてしまった。

いったい突然どうしたというのだろう。でも気持ちよくて、そのまま高揚した気分ごと流されてしまいたくなる。

身動きするごとに唇を追いかけて塞ごうとする荒っぽいキスに苦しくなって喘ぐと、息継ぎもままならないうちに舌を入れられてしまった。

「ん……んっ……は、ん……」

柊木の手が、千映の素肌を探ろうと、シャツのボタンを外しにかかっていた。唇を貪っていた柊木は、千映の首筋に吸いつく。途端にびくんと身体が魚のように跳ねた。さらに柊木はボタンを外して見えてきた素肌に指先を滑らせ、キスで敏感になっていた乳首を狙い、指先をこすりつけてくる。

「ん、あぁ、ん、ま……待って、柊木、さんっ……」

乳首への指による刺激はやめてくれない。抗う唇をまた塞ぐようにキスの雨が降り続き、ぬらぬらと舌を絡められるにつれ、千映の理性は乱れはじめていた。

下半身の中心に膨らむ熱が、窮屈な場所で解放されたいと訴えている。

長い、長い、キスのあとで、柊木は千映の頬を両手で押さえるようにして、見下ろした。

「君が煽るからいけないいんだよ、千映」

呼び捨てにされて、どきりと鼓動が波のように打った。

いつも澄んだ色をした薄青色の瞳が、情欲と憤りのような感情に揺れている。

「どれほど私が我慢をしたと思っているんだい？」

「どうして……柊木さん、怒ってるの……？」

無意識に甘えたような声が漏れた。だって彼には嫌われたくない。いったい何が悪かったというのだろう。我慢していた？　こうなることを？　それは自分の方だと思っていたのに。

混乱しながら、千映は柊木を見つめる。きっと彼と同じように瞳は濡れているかもしれない。

「ああ、怒っているさ。あまりに無防備な君にも、他の男と仲良くしていたことにも、腹が立っているよ。まして、私が守ってやろうとしたことを、彼が代わりにやってくれたんだ。自分が情けなくてたまらない」

それを聞いて、千映はようやく柊木が言いたかったことを察した。

危ない目にあわせたことを悔やんでいる。そして、千映の無防備さに呆れ、ひいては一樹に心を開いていたことに対して、ひどく嫉妬してくれているのだ。

「一樹のことは、誤解です」

「知らないわけじゃないんだよ。彼は君に告白をしていたそうじゃないか。中谷から報告があった」

「……っそんなことまで。見られていたんですね」

千映が認めてしまうと、ますます柊木は情欲に駆られた眼差しを向けてきた。

「私は自分が思っている以上に、独占欲が強いようだ。君を他の男のもとに行かせたくないと必死に繋ぎ留めようとしている。それぐらい君のことがいつの間にか、なくてはならない存在になっていた。君は違うのかな」

「違いませんよ。だいたい、俺がどこに行くっていうんですか？　こんなに……こんなに好きなのに」

そう、触れてほしいと思ったことも、柊木の負担になるのならやめた方がいいのだと、あれ以来、自分から求めるようなことはしなかった。待とうと思っていたのだ。

「ずっとしたかったのは、俺だって一緒です。柊木さん以上に……そうなりたかった」

いろんな感情がこみ上げて、涙が目に溢れてきてしまっていた。

柊木は一瞬だけハッとしたような顔をし、それから千映の瞼にそっとキスをした。

「だめだよ。君を泣かせるのは私だけだ。それも今じゃない。ベッドの上でゆっくりと声を聞かせてくれ。いいだろう？」

こんな柊木は初めてだった。これほどまでに求めてくれる彼の気持ちが嬉しくて、身体はどんどん熱を増すばかりだ。

千映はこくりと頷く。

「抱いてほしい。俺のこと……抱いて。柊木さんでいっぱいにして。お願い」

広い胸に頬を寄せると、柊木は千映の顎を上げさせ、唇を塞いだ。

それから——。

ベッドルームに行くまでの距離すらもどかしそうに、柊木は千映のシャツを脱がせ、ズボンのベルトを外した。彼もまた上着を脱ぎ捨て、乱暴にシャツのボタンを外し、逞しい体躯を露わにする。

ベッドになだれ込みながらキスをすると、枕元に何か触れるものがある。それはローションだった。

柊木がその気になってくれたのだと思うと、急に恥ずかしくて顔に熱が集中する。

しかもそれだけじゃなかった。前に使ったアイマスクらしき黒い布を見つけて、千映はドキドキした。

「柊木、さん……それ、使うの？」

見えない中で感じる柊木の唇や舌や、吐息にどれほど興奮して感じたことか。そしてあまりの愉悦によがる千映に対し、柊木もまた激しく欲情してくれ、互いを慰めながら一緒に達したことがある。

そう遠くもない記憶が鮮明に蘇った途端、自身の先端がじわりと蜜をこぼして濡れるのを感じた。

「想像したのかい？　下着が濡れてしまっているよ」

嘲笑され、千映はかあっと頬を赤らめる。

「乳首も、さっそく敏感になっているね」

「……っ……いじわるなことを言う」

千映がおずおずと反論すると、柊木は小さく笑みを浮かべた。

「しかし、これは残念ながらアイマスクじゃないよ。よく見てごらん」

言われて、千映は柊木がその黒い布を広げるのを眺め、ぎょっとした。

「待って、それって……」

「いつかは使おうと思っていたんだからいいだろう？」

それはなんと、乳首だけを開けた男用の黒いブラジャーだったのだ。

「ほ、ほんとうにするの？」

「今までだって、色々なことを試したじゃないか。その道程《みちのり》にすぎないよ。さあ」

実際に身につけさせられてみれば、女ものブラジャーとそう大差ない。ただ乳首の部分だけが切り取られ、そこから薄桃色の粒がそそり立っているのが丸見えでなんとも卑猥だ。

「さあ、味見をしてみようか」

テイスティングをするみたいに柊木が舌をそろりと乳頭に乗せ、左右に舐り、粒を丸く絡めとり、そして柔らかい唇に挟んで吸った。極上の甘い波がさざめき、背中を駆け抜けていく。

「あ、あっ……」

反対側の乳首は指でいたずらに転がされ、嫉妬をさせた応酬といわんばかりに指の腹に摘まれる。

「ん、ぁ……あっ……だめ、きもち……いっ」

今までだって気持ちよかったけれど、それ以上に興奮している。

「やはり君は乳首が感じるようだね。もっと激しく吸われたいのかい？　それとも丁寧にじっくりと舐めてあげようか」

「あ、ん、はぁ……」

「それとも、罰を与えるように痛くされたい？」

「柊木、さんっ……」

「もちろん、こっちも忘れていないよ。君がぐちゃぐちゃになっているのが、はっきりと見えるよ」

膨らんだ屹立を握られ、透明の蜜を噴きこぼしている先端をぬるりぬるりと指の腹で押しながら、赤々と隆起した乳首を柊木は甘噛みする。さらに突起に吸いついて、唾液を絡ませてぐちゅぐちゅと貪った。

「ひ、ぁっ……うっ……ああっ」

なんて甘い拷問なんだろうか。千映の唇からは唾液が流れ、あまりの快楽に意識が飛びそうになった。

視覚から聴覚から順に責められ、逃れられないように追いつめられるみたいだ。やさしくされたい。でも、柊木になら噛みつかれたって痛くない。いっそのこと、もっともっと刻みつけてほしいとすら思う。

「柊木さ、んっ……もっと、……もっといじって、きもちいい」

「ならば、自分で扱いてみせるといい。私は君の可愛い乳首に執着するとしよう」

「んん、っ……」

「そう、素直でいい子だね。おかげで私が今どうなっているかわかっているかい？」

露わになったものを目にし、ぞくぞくした。

これまでにないくらい脈々とそそりたつ男根は、千映の中に挿れるには大きすぎるほどで、それに拓かれることを想像したら怖いけれど、きっと失神するぐらい気持ちいいのだろうと思う。

ただ触れるだけじゃなく、互いにそれぞれが果てるのではなく、一緒に交わって堕ちて、楽園の先に達してみたい。

千映の息遣いは今まで以上に乱れ、興奮がさらに昂った。

「あ……これを挿れて。うしろにお願い、柊木さんで俺をいっぱいにして……」

千映は自分のうしろをやさしく拓かれ、ぶるりと震えた。挿れられることを想像すると、濡れそぼった柔襞《やわひだ》がきゅっとなる。

早く、早く、期待と興奮とが織り交ざり、ますます熱は高まるばかりだ。

「いつまでよそよそしく呼ぶつもりだ？　私のことを名前で呼んでくれ、千映。そうしたら君にご褒美をあげよう」

「あ、あん、……はぁ、……怜央……れお、……んっ……」

「よし、いい子だ。挿れるよ」

切っ先が千映の窪《くぼ》みをゆっくりと押し広げながら入ってくる。

「ふ、あああっ」

総毛立つような快感に、千映はのけぞった。さらにずんっと奥に柊木を迎え入れ、ぐりぐりと気持ちのいい場所に当たるたび、喉の奥が引き攣れそうなほど、感じた。

「は、ぁ、っ……いいっ……怜央っ……すごい、中、きてるっ……」

「ああ、もっとだ、千映……もっと呼んで、私をたっぷりと感じてくれ」

じゅぷじゅぷと淫らな音を立てながら、千映は太い屹立をのみ込んでゆく。柊木は腰を揺らしながら竿《さお》の挿送を少しずつ激しくし、グラインドするようにして深いところを貪った。

「ああっ……すごいっ、深いのっ……だめ、すぐに、い、イっちゃうっ……っ」

「まだだ。今夜はもっと、深くまで君が欲しい。ここに……いいだろう？」

ずんっと深く突き上げられ、目の前がちかちか白く明滅した。

「ん、ああっ……！　いいっ……んんっ……あぁっ！」

めりめりと骨が軋むような、引き攣れるような痛みが背中に走った。だがすぐにぬるついた粘膜に蕩けさせられ、痛みを上回る喜悦にぞくぞくと肌が粟立つ。

ゆっくりとなじませるような挿入をいくらか繰り返され、そのたびに千映は呼吸を逃しながら、柊木の形や大きさを感じて興奮した。

（あぁ……柊木さんが、俺の中に……ぜんぶっ）

もどかしそうな柊木の吐息が、うなじに落ちてくる。耳を舐められ、屹立を握られながら挿入されると、柊木の熱をさらに煽るみたいにひくひくと粘膜が絡みついていく。

「は、……千映……きもちいいよ、君の中……あたたかくて、想像以上だ。しかし、痛くはないかい？」

「大丈夫……それより……俺っ……一緒にイきたいっ」

「ああ、君をたくさん感じさせて、イかせてあげよう。君もいっぱい私を感じてほしい」

「はぁ、はぁ、……怜央っ、うしろだけじゃなくて、前からもして……？」

「淫乱な恋人はおねだり上手で困る。待っていてごらん」

じゅぽっと抜けた屹立がぬらぬらとローションと蜜を滴らせ、もう一度、仰向けの状態で高く腰を摑み上げられ、戦慄く後孔に再びぬぷ……と先端からゆっくり挿入された。

「ふ、あぁぁっ」

既に馴染んだ入り口付近の粘膜は、恋慕うように柊木のものを咥え込む。

彼の腹筋が近づいては離れ、そしてまた挿送を繰り返すごとに貪る身体を見て、激しく欲情する。鍛えられた体軀に組み敷かれることに安堵を憶えながら、血管を脈々と浮き立たせた肉棒に貫かれると、急激にせつなさがこみ上げてきた。

「怜央、……好き、さっきみたいにっ……もっと、いっぱいして」

「は、……あぁ、千映……君は、どれほど私を欲情させるつもりなんだ」

「あ、あん、……カウンセリング……やっと成功したんですね」

「そんなものじゃ説明しきれない。私は君のことが……こんなにも愛しいんだ」

理性を失ったように、柊木の手にぐっと力がこもり下半身が重たくなる。ずりずりと先端をこすりつけて遠慮していた彼が、千映の臀部を打つように激しく腰を揺らした。

「ん、ああっ……奥、当たって……はぁっ、いいのっ……」

「ああ、私もだ……たまらないよ。君のこっちも触ってあげよう」

ずんずんっと中を広げられ、ベッドが二人の重みで軋んだ。上下に跳ねていた千映の繊細な昂りは、柊木の熱い手に握られ、絶頂へと導くべく扱かれていく。

「あ、あっ……ぁっ」

乳首が痛いぐらいに張りつめ、指先でぎゅっと摘まれた刹那、千映は思わず吐精してしまいそうになった。

ぽたぽたと先走りが垂れて、千映の腹部を濡らしては、下肢に滴っていく。

額の奥がじんとして、身体中の血液が下半身の中心に集まりつつあった。

中を貪る柊木の熱杭もまた勢いを増して質量を蓄えつつある。

「千映、……可愛い私だけの恋人だっ」

「……ん、ああっ……怜央、怜央っ……」

気が狂ったように、互いに名前を呼びあい、求めあった。汗と体液の匂いが充満し、ますます興奮を高める。

ベッドが軋んで揺れるたび、臀部が叩きつけられるような打擲音と淫らな蜜が絡まりあう音が入り混じり、互いの吐息はよりいっそう荒々しく入り乱れていた。

柊木がキスをして、両足を胸につくぐらいまで折るように押し上げ、より深いところを抉りはじめる。

「あっあっ……！」

出し入れしているところが丸見えで、交じり合って白濁した体液がいやらしく流れ落ちていくのを感じる。もう何も考えられないぐらい気持ちいい。このままずっと繋がって交尾をしていたいぐらいだ。

「千映、ああ、すごい。もっていかれそうだよ」

「ん、はぁ、っ……あっぁ！」

「かわいい。君をとても……愛しているよ」

柊木が愛おしそうな眼差しをくれて、千映は喘ぎながら愛を叫んだ。

「ん、ああ、俺もっ……愛してる、怜央っ……」

すると、辛抱がたまらないといったふうに、柊木が覆いかぶさるように唇を塞いできた。

「……っんん、はぁ、んん」

千映の想いに呼応するように中で柊木のものが膨らむ。千映の昂った分身もはちきれそうなほど硬くなっていた。

今、全部が繋がりあっているのだ。唇でも、手の中でも、身体の奥でも、身も心もすべてこの人に捧げているのだ。そのことを感じるにつれ、快楽はさらに花開いてゆく。

柊木の手が爆発しそうな千映の熱の屹立を支えるように握った。

やさしくさするように手伝いながら、ぐずぐずになった千映の奥を溶かすように、柊木もまた自身の挿送を繰り返しながら腰を激しく叩きつけてくる。

瞼のあたりが今まで以上にじんと重たく痺れ、切羽詰まった衝動がこみ上げつつあった。

「ん、あ、もうっ……出そう。んん、あぁ、イくっっ……イっちゃうっ！」

「ああ、いいよ。たくさん出してごらん。一緒に……イこう」

「あ、あっ……怜央っ」

「千映……っ……君と私はこれからも……一緒だ。約束できるかい？」

「できるよ、約束する、するからっ……」

思い切り突き上げられ、千映は喉を反らした。いやらしく跳ね上がった股間のものを根元から荒々しく扱かれ、想像を絶するような快感に支配される。彼を受け入れるべくたっぷりと濡れていた中は、吸着するように柊木の屹立を締めつけていた。

そしてついに激しい愛の交わりも、限界のときはやってきた。

「……っくっ」

「あぁぁっ……イくっ……んんっ……はぁっ……出るっ！」

大きく打ち寄せた快楽の波にもまれ、ついにぶるりと身体が震えた。

瞬間、柊木にもそれは伝染し、どくりと後孔の奥で爆《は》ぜたのが感じられた。

そして千映もそれに合わせるかのようにビュクビュクと勢いよく精を迸らせるのだった。

それから千映は永遠とも思われるような混沌とする白の世界を、逞しく愛しい恋人の腕の中に包まれながら、ゆっくりと揺蕩った。

――愛しているよ。

すうっと意識が吸い込まれるさなか、千映もまた唇を動かした。

――俺も。あなたを愛している。

ああ、なんて幸せな楽園だろうか。これ以上の幸福などもうどこを探したってない。あるはずなどない。世界でたったひとりの、あなたが好きだ。

一ヶ月後――。

ウィスタリアホテルに提出した千映のデザインコンペは最終選考通過で終わったことが通告された。だが千映は内心そのときホッとしていた。なぜなら柊木の権力によるものだとどこかで思うかもしれなかったからだ。

しかし柊木から詳しい話を聞けば、今回のリフォーム案件で提出したデザインは、逆に採用するにはもったいないという言葉があったそうだ。

千映はデザインをひとつのテーマに絞らず、東京、大阪、名古屋、など、それぞれの地域や印象に合わせたデザインを、時間のある限り、何十種類もパターンを作った。それが功を奏したらしい。ぜひ他の大型プロジェクトの方でデザインを担当してもらいたいという話を持ちかけられたのだ。千映が信じがたい想いながらも素直に喜ぶと、柊木は「君の実力が認められたんだ」と褒めてくれた。

誰に褒められるよりも嬉しかったたし、彼のためにまたがんばれることが何より千映のモチベーション向上の術なのである。

いいものに仕上げてみせよう、そして個のデザイナーとして認められるようになりたい。かくして千映の中にあった野心は、眠れる獅子《しし》のごとく満を持して目覚めたのだった。

そして今日――。

千映は久しぶりにスーツでめかしこみ、柊木と一緒にウィスタリアホテル東京のボールルームに来ていた。

ウィスタリアホテルグループの創業記念パーティに参加するためだ。

式典では、ＣＥＯの代表挨拶と大型プロジェクトの発表を拝聴し、その流れで千映はデザイナーの一員として紹介された。

ようやく歓談の時間をもうけられたと思えば、賓客から次々に声をかけられる事態となり、名刺交換の時間が続く。

ひとりの客と何を会話したか覚えていないぐらい、目まぐるしく忙しかった。

普段、引きこもりがちな性分の千映にとって社交の場は、異世界に来たようなものである。

同じく客の挨拶にまわっていた柊木が、千映が近くにいることに気付いて、声をかけてくれた。

「ずいぶんとモテモテだったようだね。君は目を引く容姿をしているし、新進気鋭のデザイナーが大型プロジェクトに参加、というのもいい目玉になったようだよ」

「ほんとう、恐れ多いです」

名刺が底をつきそうなぐらい交換したのなんか初めてだ。

「シャンパンのお代わりはいいのかい？」

すぐそばにウェイターが待機していた。

「あ、もうごちそうさまです。結構飲んだんですよ。緊張をほぐすために。これ以上飲んでしまうと、ちょっと危険かも」

「私もやめておこう。今夜はこれから特別なお祝いをしたいからね」

ウェイターが過ぎ去ったあと、柊木が耳元でこっそりと囁いた。

「千映、式典が終わったら、我々はここのスイートルームに泊まっていこう」

「え……っ、いいんですか？」

千映はほんのり頬を紅潮させつつ、周りの視線を気にした。

とくに今日はＣＥＯだけでなく、柊木家の当主を務めているグループの総帥がいるのだ。

千映の緊張は、式典に出席し、プロジェクトの一員になったことを発表されたからだけではなかった。

無論、こんな公の場で、まさか千映が柊木の恋人として紹介されることはない。だが、プロジェクトに関しては柊木から報告を受けていたらしく、壇上で総帥から声をかけられたのだ。

血の繋がりがないことは柊木から聞いていたが、威厳やセレブリティという点では共通するところがあった。

おかげでシャンパンを何杯飲んでも酔えないほどの緊張に苛まれることになった。加えて、名刺交換の時間ともなれば、喉がからからになり、いったい何杯飲んだことか。

「そんなにずっと緊張していなくてもいいんだよ。もうすぐお開きになるんだから」

「まだドキドキしていますよ」

「だからこそ落ち着いて話がしたい。実はね、もうずっと前から予約していたんだ。そこで君と今後のことをゆっくり語りあいたい。いいだろう？」

千映はドキドキとしていた心臓がさらに甘い波を打ったのを感じた。

柊木にこんなふうに真剣に見つめられると、弱い。

「……はい。わかりました」

返す言葉は、そんなふうにして肯定以外にはなくなる。そして次には柊木の極上の微笑みが、千映の目の前に差し出されるのだ。

彼は千映のためにお祝いをしてくれるという。そのあとはきっと甘い時間が待っていることだろう。今夜はやさしく抱いてくれるのだろうか。それとも激しく情熱的に求めてくれるだろうか。或《あ》いは嗜虐的な言葉で淫らに責めてくれるだろうか。

どんなことを想像しても、相手が柊木であると思えば、身体は期待をして火照るばかりだ。

いつも柊木は千映の望むように、大事にしてくれる。いくら千映が愛情をもって健気に尽くそうとも、彼のホスピタリティに勝るものはないように思う。

ああ、俺はこの人に恋をして、どれほど好きになったら気が済むのだろう。

千映は自分が今朝懸命に選んであげたネクタイを身につけている柊木を途方もなく愛しく思いながら、そんなことを考えていた。

エレベーターで最上階に到着し、部屋に入るなり千映は息をのむ。

ウィスタリアホテルの東京湾を一望できる南側の部屋や、住んでいる高層マンションから見える夜景も素晴らしいが、最上階のここはそれに勝る見事な景色だった。天使が舞い降りる部屋と呼ばれる、ラグジュアリースイートルームは三六〇度のパノラマビューである。ここは湾どころか東京の真ん中から、すべてを見渡せるのだ。

今日はまだ明るく青空の広がる時間帯である。そんな昼間の景色もこれほどまでに美しいと思うのは生まれて初めてかもしれない。

そう感じるのは、千映の心境も大きいかもしれなかった。元恋人の江波に飼い殺されたままではなく、自分のやりたいデザイナーとしての仕事を見出せたからだろう。

柊木と出会って、互いの傷を舐めあうように身を寄せていた日々が遥《はる》か遠くに感じられる。人を想い、互いに愛しあうことの喜びに包まれて迎えた今日は、天使が舞い降りる部屋とぴったりの心境で、他に例えるのならば、花嫁と花婿が粛々と挙式を待っているような気分でもあった。

清らかな心で窓辺を眺めていると、丁寧に磨かれたガラス越しに、柊木が近づいてくるのが見えた。

「千映、こちらを向いてくれるかい？」

そう言われるままに千映が振り返ると、突然、柊木は目の前で跪《ひざまず》いた。

「えっ……あの、どうしたんですか」

まさか今日はそういう足を使った趣向とか？　こんな明るい時間から？

勝手にあれこれ妄想してしまった千映だったが、すぐにそうではないとわかった。

「これを受け取ってほしいんだ」

そう言うと、柊木が背広の内ポケットから手のひらサイズの箱を取り出し、二つに割った。その真ん中にはきらきらと輝くリングがあった。

「私と結婚してくれないか。イエスだったらこの指輪を塡《は》めさせてほしい」

千映は思わず目をこすってしまいたくなった。まるで映画のようなワンシーンである。

だが、柊木は少しもふざけることなく、まっすぐに情熱の眼差しを向けてくる。

「ま、待って。結婚って……指輪って、で、でも……」

突然のプロポーズに、千映はくらくら眩暈がする想いだった。

さっき流し込んだばかりのシャンパンが胸の中で甘い気泡を弾けさせているみたいにざわついている。

これからもずっと柊木と一緒にいたいと思っているし、一緒にいようと約束をしたけれども。同性同士で結婚という観念はあまりメジャーなことではないし、今のままでも十分幸せだった千映は、まさかプロポーズされるとは思ってもみなかった。

「千映」

「は、はい」

「たしかに同性同士の結婚はまだ世間的に認められないことが多い。これから先きっと障害もあるだろう。乗り越えなくてはいけないこともたくさんできてくるはずだ。でも、君とならこの先もきっとやっていけると思う。それほど私は君を愛しているんだ。だから、形としてけじめをつけたい」

「怜央……ほんとに、ほんとうに俺でいいの？」

疑っているわけじゃなく、信じたいからこそ何度でも彼の真意を聞きたかった。

「私はね、君に名前を呼ばれるだけで、たぎるようになったのだよ。ずっと勃たなかったのが嘘みたいにね。それをどうしてくれるんだい？」

焦れた柊木が返事を促す。そんなことを言われたら、健気に尽くすしかないじゃないか。

「俺がずっとあなたのそばにいて、ずっと……愛してあげます」

これからは恋人としてではなく、できるのなら、この先もずっと……。

「ありがとう。私も君のことをずっと、これからも愛し続けると誓うよ」

すっと立ち上がった柊木が、千映の華奢な薬指にリングを塡めた。それは違和感を覚えることなくしっくりとちょうどいい位置におさまった。

「ぴったりだ」

嬉しそうに柊木が言うから、千映もくすぐったくなる。

「ウエディングプランを一緒に考えよう。花嫁ドレスを着せて……君を抱きたい」

この世で一番愛しい人の誘惑に、早くも腰の奥が、ずくん、と疼《うず》く。

「たっぷり、可愛がってくれる……？」

「ああ、もちろんだ」

柊木は言って、千映を抱きしめる。

「千映、私はそばに君がいてくれるなら、いつも幸せでいられるんだよ」

その言葉を聞いて、千映も柊木をぎゅっと強く抱きしめ返した。

「俺も同じです。怜央と一緒にいると、ほんとうに幸せだから」

だからこれからも一緒に、お互いを愛していきたい。

それから二人は顔を見合わせて微笑みあい、極上のシャンパンも敵わないほどの甘いキスを交わした。

# アンサンブルな
# 恋人たち

桜の花びらが淡く視界を霞《かす》ませ、甘い香りを漂わせる春――。

千映《ちあき》はベランダの窓を開いて、最近育てはじめたミニトマトやハーブの葉に水差しで清らかな水を注ぎ込む。

葉はきらきらと朝露に濡《ぬ》れ、宝石のような滴を垂らした。

心地のいい風を肺いっぱいに吸い込み、それからエプロンで手を拭うと、柊木《ひいらぎ》の眠っている寝室へ向かった。

ドアを開くと、既に柊木はワイシャツに腕を通していた。千映が鼻歌をうたってキッチンで仕込みをし、ベランダで日光浴を楽しんでいるうちに支度を完成させたらしい。

「目覚めにコーヒーを淹《い》れましょうか？」

「ああ、頼もうか」

「その前に、俺がネクタイを選んでもいいですか？」

「聞かなくとも、君は毎日選んでくれるだろう」

そう、家事全般は千映が担当することにし、好き放題やらせてもらっている。共働きなのだから分担しようと柊木は申し出てくれたが、同棲生活を続けるうちに、千映は好きな人のために尽くすことの喜びを見出してしまったのだった。もちろん風邪を引いたときや千映の仕事が立てこんだときは協力してくれるやさしい夫である。

そして、ネクタイ選びは「若奥さん」である千映の役目となっていた。とくに大事な商談のある日は、必ず千映が選ぶことにしている。

なぜかというと、どうしても取れなかった案件を任されたり、決裂しかけていた商談がうまくまとまったり、ということが続いて、千映の選ぶネクタイがジンクス化していたからである。

ウォークインクローゼットの小物を並べたコーナーに吊《つ》るされたネクタイの数は百本をゆうに超えるほどある。どれも質のいい一流ブランドものだ。

ネクタイに合わせるタイピンやシャツの袖に留めるカフスボタンなども、まとめて一緒に選んだ。

柊木はスーツの上からでも、鍛えられた立派な体軀《たいく》が窺《うかが》えるので、彼という人そのものがブランドであるかのように見栄えがよく、着せ甲斐《がい》がある。ネクタイ一本変えただけでも印象が変わり、どんな彼でもかっこうよくて惚《ほ》れぼれする。そういう彼の姿を見るのが若奥さんである千映の楽しみなのだった。

「今日は桜が満開ですし、春らしい景色の中、濃い目の赤とか、ワイン色の入ったものが映えそうですね」

鏡の前でネクタイを数本あてがい、千映はどれにしようかと悩む。

「そういえば、昨日のネクタイも赤系ではなかったかい？　だが、だめにしてしまったんだったね」

ちらりと意味深な視線を感じて、千映は昨晩いやというほど愛された余韻《よいん》が全身に広がっていくのを感じた。

「あ、あれは、縛ったりするから……ちゃんと洗ってアイロンかければ、大丈夫ですよ」

狼狽《ろうばい》している千映の胸中を察したのか、柊木はくすくすと笑った。

「ほんとう癖になりそうだよ。君のネクタイ選びは、ね」

手首を拘束され、目隠しをされ、彼の吐息や舌の感触を跳ね上がるように感じた昨夜のことを思いだすと、せっかくの清々《すがすが》しい朝だったのに、もやもやしてしまう。

しばらくネクタイ選びはおやすみにしようか、と顔を赤くしながら千映は思うのだった。

「ところで――今日の午前中、彼らに会うかい？」

彼ら、とは秘書の中谷《なかたに》と顧問カウンセラーの吉永《よしなが》のことである。

実は、千映はこのほど両親にカミングアウトし、柊木と一緒になることを伝えた。もちろん母はショックを受け、父はどうしたものかと逡巡《しゅんじゅん》していたが、断固反対ということもなく、柊木の誠実さに胸を打たれたようでもあった。

柊木はもとより女性と結婚するつもりはないと当主には打ち明けてあった。どんなパートナーであれ、ビジネスを支えてくれる人間であれば構わないという返事をもらえていた。

そういうわけで心置きなくウエディングパーティを迎えられる状況にあったのだ。

招待客のリストの中には、彼ら二人の名前の他に、共通の知人からアモロッソの支配人、晴れてこの春から法律事務所に勤務し、アソシエイト弁護士となった一樹《いっき》の名前もあった。

「まだ中谷さんにも伝えていないんですか？」

「あれに教えると、事細かにスケジューリングをしようとする。少々煩わしいことになりそうだからな」

秘書の鏡といわれる中谷は、その敏腕さをかって、柊木家から個人秘書に引きあげた人物であると柊木本人から聞いたことがある。

スケジュール管理が趣味だという彼は、カレンダーに空白があるのが許せないらしい。まさに秘書業務は中谷にとって天職だったのだろう。

仕事では助かるが、式の進行やハネムーンの行程にまで口を出しかねない、と柊木は案じていたようだ。

「なるほど……たしかにそれでは」

千映としてもハネムーンにまでくっついてこられては落ち着かない。

「まあ、結婚という形におさまったことは伝えたのだから、あいつならば察してくれるだろう」

絶対的な信頼を寄せている柊木にとって、その頃中谷がどんなふうに過ごしているかなど知る由もなかった。

千映はなぜか話を聞きながら、紫色のネクタイを結んでしまっていた。

「あれ、赤系にしようと思ったのに」

「いや、いいんじゃないか。君が手に持っているカフスボタンのアメジストとお揃《そろ》いの色だ」

「そういえばそうですね。あ、それと、今朝観たテレビの星座占いで、ラッキーカラーだった気がします。たしか……万事がうまくいくようなお守りになるはず。紫色のものを身につけましょう、だったかな」

「なら、ちょうどいいね」

かくして妻のネクタイ選びは完了したわけだが、この占いのラッキーカラーについては必ずしも自身のことを指すのではないということを、この数時間後に味わうことになろうとは思いもしなかった。

＊＊＊

その頃――。

午前十時過ぎに、ウィスタリアホテルグループ日本法人の顧問カウンセラーである吉永は、社長秘書である中谷を自身に与えられたカウンセラールームに招いていた。

二人がまず先に話題にすることといえば、主《あるじ》である柊木とその婚約者である千映のことであった。

過去の精神状態からEDに陥った主に、どうにか立ち直ってもらうべくめぐり逢《あ》わせた相手が、あの清廉そうな美青年の千映だった。

吉永と中谷は、二人を支えた影の功労者なのだ。

吉永は顧問カウンセラーとして数年間にわたって柊木の相談役を務め、柊木に見合う癒やしの相手を探そうとしたのが中谷である。

そこで富裕層を相手にしたコンシェルジュサービスを行っているアモロッソに顔を効かせていた吉永が、支配人からいい子が入ったと連絡を受け、派遣させたのだ。無論、柊木と千映には真相は話していない。

なにせ、アモロッソは関東一帯のやくざを取り仕切る総元締めの鳳凰組《ほうおうぐみ》がバックにいる会社が運営しているという噂《うわさ》だ。まして「人身売買、奴隷事業」を行っている会社と関与していたとなれば、企業のコンプライアンスに抵触する可能性がある。

しかし一時的に客の嗜好《しこう》としてホストとの遊びに利用するのならば、問題はないだろう。何かがあったとしても客としては存じませんと言えば済む。そう吉永は考えたのだ。

狙った獲物は逃さないのが吉永の信条である。しかし、からかって遊んでやると愉《たの》しい相手が、特定の相手にぞっこんの状態なのは正直面白くはないのだが。

「篤仁《あつひと》くん、柊木と千映くん、どう？」

「うまくいっているようですよ」

と報告しつつも、中谷の顔は浮かない。一方で、吉永は嬉《うれ》しそうに軽やかな声をあげた。

「いいところにまとまってよかったねぇ」

「……」

無言の中谷の様子を窺いながら、吉永がやれやれと息をついた。

「なーに寂しがってるのさ。僕の場合はカウンセラーの回数が減って寂しい限りだけど、君は今までどおり柊木の秘書だろう？　それとも何か特別な理由でもあるのかな？」

言ってごらん、と子どもをあやすかのように吉永が言うと、中谷はプライドが許さないらしくツンと横を向いた。

「私はただ今後のスケジュールを色々と考えていただけですよ」

「そんなに根詰めなくてもいいんだよ。篤仁くんには僕がいるじゃない？　君だって社員だろう？顧問のカウンセリングは無料だよ。いつでもウエルカム」

そう言いつつ、吉永は中谷のスーツの上から彼の太腿《ふともも》をさすった。

「な、何をするんですか。あなたは！　こんなところで……ハレンチな！」

飛び上がる勢いで中谷は声を荒らげる。普段冷静沈着な彼らしくない頓狂な声に、吉永は笑う。

「こんなところって、ひどい言いようだね。ここは大事な大事なカウンセラー室だけど？　大切なことだから二度言いましたよ」

「こ、公私混同されるおつもりですか。セクハラではないですか」

焦ったせいでほんのり鼻の頭に汗をかいている。そのせいで滑り落ちてくる眼鏡《めがね》のテンプルを幾度も忙《せわ》しなく指で押し上げている。

可愛《かわい》い人だ、と吉永は前々から思っている。

中谷ほどギャップを感じさせる男はいないのではないだろうか。

「セクハラねえ？　そういう割にはボスにコンシェルジュをあてがっていたじゃない。君だって賛同していたでしょ。ほんとうはさ、むっつり社長ラブだったくせに」

「そんな下心はありません。わ、私は、忠実にお慕い申し上げているだけです」

「じゃあ、君の想い人は誰なの？」

「そ、それは……」

「ん？」

「……と、とにかく、手を……」

中谷が何かをこらえている。吉永がさっきから彼の内腿を触っていたからか、スラックスの上からでもはっきりと形がわかるように股間のものが勃起していた。

「あらら、まだ何もしてないうちから、どこを大きくしてるのかなぁ、篤仁くん」

吉永は痛くならない程度にぎゅうっと手のひらで包んでやり、いやらしいものを戒めた。

「はぅ！　ん、そこはっ……っや、やめっ……」

「ほんとうにやめてほしいの？　慰めてあげるから、僕に身体《からだ》を委ねてごらんよ」

「わ、私は身体を売るような真似《まね》はしません。ましてカウンセリングは……あっ……」

吉永の男にしては細長い指に、胸の敏感な突起をなぞられた中谷は言葉を失い、悶《もだ》える。

「ああ、そっか。僕に『いつもの触診』、してほしいんだね。変態だなぁ、敏腕秘書さんは」

吉永は言って、中谷のシャツの中へと手を伸ばし、直《じか》に肌の敏感なところを丁寧に探った。

「そそそ、それ以上は……今は、お許しください……う、あぅ……」

指と爪の先でかりかりと乳頭を刺激すると、中谷は息を荒くする。堅物男はドMなんだろう。ならばSっけのある自分とは相性がいいに違いない、と吉永は思う。

「だーめ。許しませんよ。今からたっぷり虐《いじ》めてあげますからね？　篤仁くん」

「わ、私のことはっ……中谷と呼んでくださいと、あれほど……っ——あっ」

可愛い人がうるさく喚《わめ》くので、敏感なところを摘《つま》んでやった。ビクンと大きく身を震わせる中谷の様子を、吉永は恍惚《こうこつ》とした顔で見下ろした。ああ、なんていい眺めなのだろう。

「ねえ、ここを、シャツの上から舐《な》めてもいい？　弄《いじ》られるの好きでしょ？」

「やっ……ここじゃ、いやだっ……やめてくれっ」

切羽詰まってきてしまったのか、中谷は目に涙をためながら訴えた。

「どこならいいの？」

「……っ、私を抱きたいなら、今夜、あなたの部屋に……連れていってください」

「ふふっ……わかったよ。やっと篤仁くんが僕のものになってくれるんだねえ。待った甲斐があったなぁ」

そう言い、吉永は中谷のシャツ越しにつうっと突起を弄り、舌で突いた。

「ひっぁ……だめ、だと言った……じゃないですかっ」

「はいはい、触診だよ。感じるのは自由だよ。気持ちよすぎて出さないように、我慢してね」

「あっ……んん……卑猥《ひわい》っ……外道っ」

「なんとでも言いなさい」

吉永はにやりと口の端を上げた。

柊木を密かに慕っていた中谷を振り向かせるには、千映と柊木がうまくいく必要があった。表面上は中谷に協力するふりをして、漁夫の利を狙っていたと知ったら嫌われてしまうだろうか。

その前に、手練手管でこの堅物男を堕《お》としておこう。

偏執的な愛を込めた触診はその後もエスカレートして繰り広げられ、彼らは夢中になるあまり、その艶《なま》めかしい声を知人に聞かれていることなど気付きもしなかった。

キューピッド役に徹していた二人も今は——目の前の恋人だけに夢中だ。

＊＊＊

千映はカウンセリング室が近くなるにつれ、奇妙な声が響きわたるのを聞いた。

しばし気のせいだろうと思って触れずにいたが、だんだんとその声の主が誰なのかがわかってきたとき、足が竦《すく》んでしまった。

隣を歩く柊木を、思わず見上げてSOSの視線を送ってみる。

「あ、あの、俺、妙な声を聞いた気がするんですが……」

きっと、いや、絶対に……吉永と中谷の声だった。

そう確信したのは、カウンセラー室のすぐ目の前に到着してからだった。

吉永の軽やかな口調はいつもと変わりなくわかりやすい。一方で、中谷の声はときおり上擦《うわず》ったり、あられもない悲鳴をあげたり、いつもの冷静沈着な忠犬っぷりからは考えられない乱れようらしかった。

いったいどんなカウンセリングをしているのか、千映はごくりと生唾をのみ込み、頭の中で悶々《もんもん》と想像してしまう。もしや部屋に入ってしまったらまずいもの見てしまうことになるのではないか。

「ああ、吉永はね、昔から篤仁いや、中谷のことを気に入っているんだ」

「中谷さんの方はどうなんですか？」

「まあ、まんざらでもなさそうだったよ。この間、様子を窺ったら、柄にもなく顔を赤くして動揺していた。スケジュールのミスなんて、あいつらしくもない事態があってね」

「そうだったんですね」

千映と柊木は顔を見合わせて、なんとなく微笑《ほほえ》んでしまった。

自分たち以外にも周りに幸せな人たちがいるのは嬉しいことだ。

まさかそういうことになっていたなんて今の今まで知らなかった。あの二人の場合は吉永の方が経験からして上だろう。

きっとそれをいかして陥落させるのだろうな、と千映は自分の経験から容易に想像がついた。

「触診、ぐらいなら、お咎《とが》めなしでいいのでは……」

……その範囲がどの程度かにもよるが。まあ、ただでは済まないだろうな、と吉永のSっぷりを思いだす。

柊木は渋い顔を浮かべながらも、くるりと踵《きびす》を返した。

「まったく仕方のないやつらだ。今日に限り、私は見て見ぬふりをしておこう。吉永は昼を挟んだら午後もカウンセリングを担当する予定がある。我々は夕方にでもアモロッソの方に先に報告しに行こうか」

「そうですね」

それから二人はいったんそれぞれの持ち場へ帰るために解散した。

柊木は会社に、千映は自宅の執務デスクに。それぞれ仕事でやることがあるのだ。


その後、夕方を迎えると、千映は柊木と駅で落ち合い、中谷にまわしてもらった車に乗り込み、アモロッソへと向かった。

アモロッソに到着して車を降りる際、ちらり、と千映は中谷を意識した。

「何か？」

「いえ、なんでもないです」

もちろん仕事中だから、普段どおりだろうけれど、いったい吉永とどんなふうにしていたのか気になってしまったのだ。

「あ、俺、ちょっと手洗いに行ってきます」

「わかった。ではサロンの談話室で待っていることにしよう」

柊木や中谷と別れ、慣れたトイレに行こうとしたまではいいのだが、道に迷ってしまった。案外人は簡単に場所の感覚を忘れるものらしい。

（えっと、ここ……どこだったっけ？）

きょろきょろと見回して探していると、何か悲鳴のようなものが聞こえ、千映は足を止めた。

（なんだろう？　こっちの方から聞こえるみたいだ）

下がモザイクのかけられたすりガラスで、上は黒いフィルムが貼られているドアがあり、千映はこっそりと覗《のぞ》いてみることにした。

そこで、千映はとんでもないものを目にしてしまい、愕然《がくぜん》と立ちすくんでしまった。

見間違いでなければ……だが。

支配人がスーツ姿に白い手袋を塡《は》めたいつもの格好のまま鞭《むち》を持って、目の前の首輪と尻尾をつけたコンシェルジュの男の尻を打っていたのだ。

「一樹は、ほんとうは、こうして鞭で打たれるのが好きでしょう？　あなたは本来はM猫ですよ。覚えておきなさい」

「あ、あっ……いいっ……もっともっと……して、支配人っっっ」

ピシャン、ピシャン、と皮膚を打つ音が響きわたり、一樹のズボンからのぞく雄々しい膨らみはいやらしく揺れ、先端からは淫らな蜜が滴っていた。

「失恋の痛みなど、さっさと忘れてしまいなさい。私が調教してあげますよ」

酷薄そうな笑みを浮かべた支配人と、恍惚の表情を浮かべて首輪をつけている一樹。二人がSMごっこに興じていた――。

千映は激しいショックを受けながらも、うっかり二人のプレイに魅入ってしまい、不覚にも自分の股間のものが反応していることに気付く。

（やばい、やばい……やばい、なんだあれは）

まさか一樹にあんな性癖があるなんて。でも考えてみれば、再会してからのあいつはどこか女々しいというか受け身というか被虐的な部分があった気がする。一方、支配人の岡崎《おかざき》については、千映は彼に初めて会ったときから絶対に腹黒そうだしSだと思っていたので、そんなには驚かない。

だが、組み合わせを考えると、今までもそうだったんじゃないかと悶々と想像してしまい、頭が沸騰しそうだった。

千映はその場から逃れるように引き返し、なんとか手洗いを済ませると、ロビーの方に急ぎ戻っていった。

息を切らして飛んできた千映に、柊木が驚いたような顔をする。

「千映、そんなに慌てて、いったいどうしたんだい？」

「きょ、今日のところはおいとました方がいいかと」

動揺のあまりに、喉がからからに渇いている。

「支配人と一樹くんは？」

解せないといった顔をして、柊木が尋ねてくる。なんていったらいいのか、まさかSMごっこをしていました、とはさすがに言えない。他のコンシェルジュたちが談話室にいるのだから。

「え～っと、二人は大事な……その、カウンセリングをされていたようで」

カウンセリング、という言葉にいちはやく反応したのは言うまでもなく中谷だった。常に涼しげな顔をしている男が頬《ほお》を紅潮させている。

やはり、カウンセリング室での一幕があって、思い当たる節がありありという感じなのだろう。珍しくそわそわしている。あの、あられもない声を聞いてしまった身としては、中谷のことを直視できなくなってしまった。

そんな千映の様子から、なるほど、と柊木も察知したようだ。

「では、中谷、マンションの方に車を回してもらえるか」

「かしこまりました」

中谷はホッとしたように立ち上がり、いつものビジネスマンの顔に戻っていった。


――結局、招待状はどちらも後日に届けることになった。

千映は帰宅後、柊木のネクタイに目をやり、今朝の占いのことを思いだした。

ああ、おさまるところにおさまったということで当たったのだろうか。

しかし、あっちもこっちも春だ。発情期のようにすごいことになっていた。

「まさか一樹と支配人が、そういう仲になっていたなんて思わなかった」

弁護士といってもまだパートナー弁護士の下につくアソシエイト弁護士である。難しい司法試験のこととか、色々とストレスでもあったのか。それとも合格した解放感から弾《はじ》けてしまったのか。

『失恋の痛みなど、さっさと忘れてしまいなさい。私が調教してあげますよ』

酷薄そうな笑みを浮かべた支配人と、恍惚の表情を浮かべ、首輪をつけた一樹。

それらが脳裏をよぎる。

(失恋がどうのって言ってたけど……自惚《うぬぼ》れるのなら、俺のせい……じゃないといいけど)

はあ、とため息をつくと、そんな千映の胸中を察した柊木が、耳打ちしてきた。

「まさしく人は必要としているところに、おさまるところにおさまるものさ。私たちも負けてはいられないね。どうやらネクタイを使ったプレイはまだ初心者コースのようだ」

色めいた低い声に、ぞくりと背筋が甘く戦慄《わなな》いた。しかし同時に不安がこみ上げてくる。

「な、何か吹聴されてませんよね？　吉永先生あたりにまた」

思えば、目隠しやTバックやブラジャーやネクタイといったものをおすすめしてきたのは吉永だったのだ。

辱めはときに甘美な媚薬《びやく》になりうる。その羞恥心ですら快楽になるのだ。しかしあまりに高度なプレイを要求されたら、応えられる自信はなかった。

そんな千映の胸中を悟ったのか、柊木はくすくすと笑った。

「心配しないでいい。私は私の愛し方で、君を求められるようになったのだから」

それでね、と愉しげに柊木が言う。

「今夜、ウエディングドレスの仮縫いが終わったようだから、試着をしてみようか」

ウエディングドレス、と聞いて、千映は戸惑う。

「あれ、色違いのタキシードにしようって言いませんでしたか？」

「もちろん、タキシードはどちらも用意したよ。だったらドレスがあってもいいじゃないか。趣向を色々こらしながらハネムーンまで楽しみたいからね」

にこやかに告げられて、千映はどう答えていいものやら、耳まで熱くなるほど赤面するばかりだ。

「そ、それで、ハネムーンは長期休暇ですよね。どちらに行くつもりですか？」

それとなく話を逸《そ》らしたつもりだったのだが、彼の愛情の矛先はまったくもって変わることがなかった。

「それは……決まっているじゃないか。どこへでも連れていってあげよう。最後は、君はずっと私の腕の中だ」

それはそれは、さぞ天国に一番近い場所に違いない。

もちろんどこへだってついていこう。世界一大好きな、愛《いと》しい人と一緒ならば。

# あとがき

こんにちは。森崎結月《もりさきゆづき》です。この度は数ある本の中から『溺愛社長と専属花嫁』をお手にとっていただき、誠にありがとうございました。

前作『愛しい指先』に引き続き、リンクスロマンス発の著書は二冊目になります。ほんとうにありがたいことです。前作はすれ違いの切ない系でしたが、今回はがんばる受（千《ち》映《あき》）とセレブ紳士の皮を被った獣な攻（怜《れ》央《お》）の甘々なラブストーリーを書かせていただきました！

けっこうシリアスな背景を各々抱えている二人ですが、〇〇ネタというセンシティブな部分も含め、二人だからこそ乗り越えていけるんだというところや、一緒にいてこの人しかありえないという居心地のよさを意識して描くようにしました。

後半の千映の懸命すぎるゆえの空振りに、セレブ紳士だった怜央がついに獣のスイッチの入るシーンが個人的にお気に入りです。（勝手に、萌えスイッチと呼んでいます）。

普段はとてもやさしくて包容力のある人だけど、実は強引な面もあって、それを突然あるとき全面に出されると、なんていうかギャップにドキドキしちゃいますよね～。

千映と怜央カップルについては、こうありたいなという構想が最初の段階から色々あったのですが、脇役四名については、この二人を盛り上げてくれる先鋭部隊のつもりだったので、まさかそれぞれがカップルになるとは考えていませんでした。

でも、「あれ？　このキャラたちってもしかして相性いいんじゃないの？」と気付いた後半、めでたくカップル成立。特殊な性癖（！）＋ＳとＭの法則がばっちり嵌まったなぁとたいへん満足しています(笑)。そんなわけで、本編はもちろんアンサンブルな恋人たちもぜひ楽しんでいただけたら嬉《うれ》しいです。

本作のイラストは北沢《きたざわ》きょう先生に担当していただきました。北沢先生、お忙しい中、素敵なイラストの数々をありがとうございました。件の脇キャラのアンサンブルなカップルについてのご感想まで！　楽しかったと言っていただけて嬉しかったです。

担当様、前作に引き続き、色々とご指導いただきまして、ありがとうございました。おかげさまで楽しく執筆することができました。まだまだ未熟な作者ですので、今後ともご指導の程宜しくお願いいたします。また、この本を発行するにあたってお力添えいただきました関係者の皆様に、心より感謝申し上げます。

そして最後に、本を手にとってくださった読者の皆さん、あとがきまでお付き合いいただきましてありがとうございました。この本の中に読者さんにとっての萌えがあることを願っております。よろしければご感想お聞かせください。また近い日にお会いできますように！

森崎結月より

## 豪華客船で血の誓約を《ごうかきゃくせんでちのせいやくを》

**妃川 螢**
イラスト：蓮川 愛

本体価格870円+税

厚生労働省に籍を置く麻薬取締官―通称：麻取の潜入捜査員である小城島麻人。捜査のため単独で豪華客船に船員として乗り込むことになった麻人は、かつて留学時代に関係を持ったことのあるクリスティアーノと船上で再会する。彼との出来事を引きずり、同性はもちろん異性ともまともな恋愛ができなくなっていた麻人だが、その瞬間、いまだに彼に恋をしていることに気づいてしまう。さらに、豪華客船のオーナーであるクリスティアーノ専属のバトラーにされ、身も心もクリスティアーノに翻弄される麻人だったが、そんな中、船内での不穏な動きに気づき…!?

# リンクスロマンス大好評発売中

## 誰も僕を愛さない《だれもぼくをあいさない》

**星野 伶**
イラスト：yoco

本体価格870円+税

大手化粧品会社に勤める優貴は、目に見えない恋愛感情を一切信じていなかった。そんなある日、いつも無表情で感情の読めない後輩の刀根に告白される。その時は無下にあしらった優貴だが、後日仕事でミスを犯し、あろうことか保身のために全責任を刀根になすりつけてしまった。刀根は弁解することなく、閑職に異動を命じられ、優貴の前から姿を消す。しかし一年後、専務の娘との見合いが決まった時、再び刀根が現れ「あの時のことを黙っていてほしければ俺に抱かれてください」と、脅迫ともいえる交換条件を突き付けてきて…？

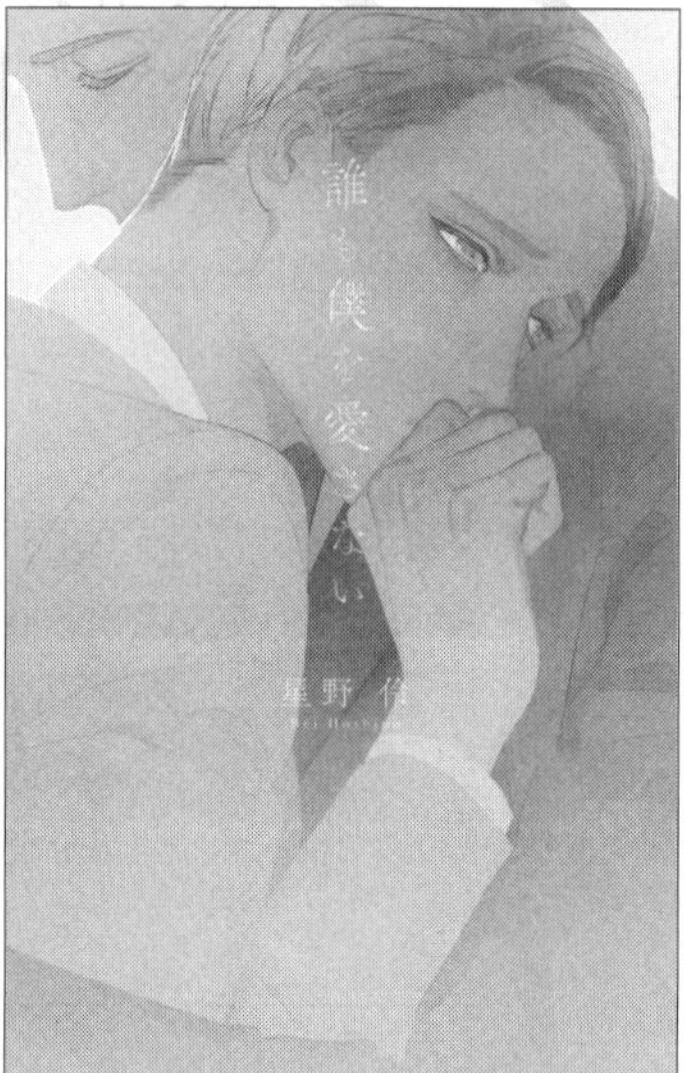

# イラストレーター募集

リンクスロマンスでは、イラストレーターを随時募集いたします。

リンクスロマンスから任意の作品を選び、作品に合わせた
模写ではないオリジナルのイラスト（下記各1点以上）を描いてご応募ください。
モノクロイラストは、新書の挿絵箇所以外でも構いませんので、
好きなシーンを選んで描いてください。

1 表紙用カラーイラスト

2 モノクロイラスト（人物全身・背景の入ったもの）

3 モノクロイラスト（人物アップ）

4 モノクロイラスト（キス・Hシーン）

## 募集要項

＜応募資格＞

年齢・性別・プロ・アマ問いません。

＜原稿のサイズおよび形式＞

◆Ａ４またはＢ４サイズの市販の原稿用紙を使用してください。

◆データ原稿の場合は、Photoshop（Ver.5.0 以降）形式でＣＤ－Ｒに保存し、出力見本をつけてご応募ください。

＜応募上の注意＞

◆応募イラストの元としたリンクスロマンスのタイトル、あなたの住所、氏名、ペンネーム、年齢、電話番号、メールアドレス、投稿歴、受賞歴を記載した紙を添付してください（書式自由）。

◆作品返却を希望する場合は、応募封筒の表に「返却希望」と明記し、返却希望先の住所・氏名を記入して返送分の切手を貼った返信用封筒を同封してください。

＜採用のお知らせ＞

◆採用の場合のみ、６カ月以内に編集部よりご連絡いたします。

◆選考に関するお電話やメールでのお問い合わせはご遠慮ください。

## 宛先

〒151-0051 東京都渋谷区千駄ヶ谷４−９−７

**株式会社　幻冬舎コミックス**

**「リンクスロマンス　イラストレーター募集」係**

この本を読んでの
ご意見・ご感想を
お寄せ下さい。

〒151-0051
東京都渋谷区千駄ヶ谷4-9-7
(株)幻冬舎コミックス　リンクス編集部
「森崎《もりさき》結月《ゆづき》先生」係／「北沢《きたざわ》きょう先生」係

リンクス ロマンス

# 溺愛社長の専属花嫁

2016年10月31日　第1刷発行

著者…………森崎《もりさき》結月《ゆづき》
発行人…………石原正康
発行元…………株式会社　幻冬舎コミックス
〒151-0051　東京都渋谷区千駄ヶ谷4-9-7
TEL 03-5411-6431（編集）
発売元…………株式会社　幻冬舎
〒151-0051　東京都渋谷区千駄ヶ谷4-9-7
TEL 03-5411-6222（営業）
振替00120-8-767643
印刷・製本所…共同印刷株式会社
検印廃止


ISBN978-4-344-83832-1 C0293
Printed in Japan

幻冬舎コミックスホームページ　http://www.gentosha-comics.net